U0717316

《红楼梦》通识

詹 丹 著

中 华 书 局

图书在版编目（CIP）数据

《红楼梦》通识/詹丹著. —北京:中华书局,2022.7(2024.7重印)
（中华经典通识/陈引驰主编）
ISBN 978-7-101-15728-4

Ⅰ.红… Ⅱ.詹… Ⅲ.《红楼梦》研究 Ⅳ.I207.411

中国版本图书馆 CIP 数据核字（2022）第 079023 号

书　　名	《红楼梦》通识
著　　者	詹　丹
丛 书 名	中华经典通识
主　　编	陈引驰
丛书策划	贾雪飞
责任编辑	吴艳红
封面设计	毛　淳
责任印制	管　斌
出版发行	中华书局
	（北京市丰台区太平桥西里 38 号　100073）
	http://www.zhbc.com.cn
	E-mail:zhbc@zhbc.com.cn
印　　刷	天津裕同印刷有限公司
版　　次	2022 年 7 月第 1 版
	2024 年 7 月第 4 次印刷
规　　格	开本/880×1230 毫米　1/32
	印张 8⅝　字数 120 千字
印　　数	14001-19000 册
国际书号	ISBN 978-7-101-15728-4
定　　价	59.00 元

编者的话

经典常读常新，一代有一代的思想，一代有一代的解读。"中华经典通识"系列丛书，邀请当今造诣精深的中青年学者，为读者朋友们讲授通识课。希望通过一本"小书"，轻松简明地讲透一部中华传统经典。

本系列丛书由复旦大学陈引驰教授主编，每本书的作者都是该领域的名家，他们既有深厚的学养，又长于深入浅出，融会贯通。每本书都选配了大量相关的图片，图文相生，能增强阅读的趣味性。

希望这套丛书，能成为人们了解中华传统文化的可靠津梁。

目　录

《红楼梦》是一本
让人读不下去的书?

据说,有家出版社调查当代青年十大死活读不下去的书,《红楼梦》名列榜首。

近年来,《红楼梦》作为传统经典被列入高中生语文必修的整本书阅读单元,死活读不下去,成了一个无法绕开的问题。

虽然意大利作家卡尔维诺不无幽默地说,经典就是那种人们经常在谈论却很少自己去读的书,但就《红楼梦》而言,人们很少读或者读不下去,又有其特殊性。

不止一位年轻人对我抱怨说,翻开《红楼梦》,故事没开始,人物倒先看到了一大堆,实在有些头晕。当然,作者为了避免读者发晕,其实已经努力调动了一些策略——在第二回让冷子兴与贾雨村对谈,把主要人物关系作了基本梳理。但因为这样的梳理故事性不强，所以未必能提高青年读者的阅读兴趣。

另外，小说中频繁出现的诗词曲赋，也常常对读者的理解构成了障碍。最初接触《红楼梦》，不少人会感觉这些韵文的插入，打断了情节的发展，这也是妨碍继续读下去的原因之一。

记得我从初中开始读《红楼梦》，当时对书中的诗词曲赋一概跳过不读，一方面是读不懂，另一方面也发现不了其对推动情节、刻画人物有什么作用。后来买到蔡义江的《红楼梦诗词曲赋评注》，结合其中注释再来重读《红楼梦》，才算对原著的韵文特别是人物创作的诗词有了点兴趣。但现在来看，当时自己的理解并不到位。

比如我一直把第七十回薛宝钗《咏絮词》结尾的"好风频借力，送我上青云"视为她的野心勃发，也把"上青云"这样的词语视为理解这首词的关键。但后来重读全词，发现这首词主要是作为别出心裁的翻案创作来反驳黛玉等人的创作的。黛玉把东风看作是柳絮的对立面，所谓

"嫁与东风春不管，凭尔去，忍淹留"，到了宝钗词中，就成了互助式的和谐关系，所谓"白玉堂前春解舞，东风卷得均匀"。相比之下，那些似乎可以摆脱东风、具有自主性的蜂蝶，反而显得一团糟，在宝钗笔下成了"蜂团蝶阵乱纷纷"。如果从这个角度再来看薛宝钗《咏絮词》结尾，应该说"好风频借力"才是作品的关键。换句话说，努力让主体与客体建立起和谐关系，让主体柳絮从东风中借力，才是这首词的重点。薛宝钗日常的为人风格，又何尝不是体现了这一点？

不过，我强调自己对《红楼梦》中人物创作的诗词曲赋的兴趣是随着理解的深入而逐渐提高的，并不意味着从文学鉴赏角度说，这些诗词曲赋在小说中是最重要的。我始终认为，《红楼梦》中语言描写最成功的部分，是关于人物的对话。这是小说的主要文本，而韵文只能算从属的、次要的副文本。鲁迅曾经提到中国只有少数几部小说是可以从说话中看出人来的，《红楼梦》就是其中之一。而诗词曲赋在《红楼梦》中之所以不算写得出色，一方面，曹雪芹可能确实不是这方面写作的高手，但另一方面，也是更重要的，其中大部分诗词曲赋是需要通过笔下人物创作出来的，曹雪芹即使想自己露一手，首先也得考虑还是孩子的那些人物可能达到的水平以及如何来切合他们的个性、趣味等。

所以，像有些人认为的，鉴赏《红楼梦》的语言就是要鉴赏其中的诗词曲赋，其实是没有抓住重点的。聂绀弩在《论探春》一文中，认为探春发起成立诗社，给小说平添了许多无聊诗词纯属没事找事。虽然这样的话说得有些偏激，但何其芳在《论红楼梦》一文中，对这些诗词评价同样不高。所以读者如果一时对这些诗词不感兴趣，完全可以略过不读。

至于说到《红楼梦》人物太多，作者自己可能也觉得是一个麻烦（尽管不回避这样的麻烦是成就其伟大的重要原因），也许他怕把自己给绕晕，所以在刻画人物时，有意识地进行了一些结构化的设计，帮助读者来理解，其实也是方便他自己来把握。比如第二回冷子兴和贾雨村的对话只是大致理清贾府家族间的各代人物关系，但还有众多的丫鬟小厮，就需要我们在阅读中去慢慢摸索。

我也是在最近重读中，发现了其他一些结构关系，比如俗称的"琴棋书画"正好给贾府四位小姐的大丫鬟命名。但如果再深究一步就能发现，除开进宫的元春的丫鬟抱琴不提外，大丫鬟司棋所跟的迎春正好是喜欢下棋的，待书（一作"侍书"）所跟的探春又是留在贾府的三姐妹中最有文化的，诗社就是她发起成立的，而入画跟从的惜春正是擅长绘画。这样，丫鬟和小姐间，就不是简单的名称对应，也有人物兴趣上的联系。在阅读中梳理类似关系，无论对记忆还是理解，都是有帮助的。

就《红楼梦》来说，作为一部伟大的作品，正因为它人物众多，类型多样，所以其内部是大体平衡的，这正是整本书阅读带来的一种对人物的全景式理解。

《红楼梦》人物中有多愁善感的林黛玉，也有理性能够控制情感的薛宝钗，而探春又是一个很刚强的人——即使仅仅在女性层面，《红楼梦》中人物性格也极为丰富，让人在阅读时更有可能取得整体的平衡。

　　从我的立场说，最早认同林黛玉，但后来，随着年龄的增长，随着反复阅读，发现如果只认同林黛玉，把其他人一概排除，最后自己的头脑就可能只剩下多愁善感了。因为只挑其中的一个人来欣赏或者去认同，这本身就有问题。其情形，一如面对一个广阔的生活世界，我们不能只取一点来认同，特别是无论生活还是小说已经提供了足够宽广的世界时。尽管人人都有自己的倾向和立场，但也可以对其他人物持有一种同情式的理解。

　　当然，多愁善感也不能绝对说是负面的，或许它能为进一步走向悲天悯人的大境界，培养人格意义的真纯情怀提供一种契机。但这种情怀的建立，不是让我们简单认同，这需要在作品提供的多样化人物的理解中，在一个更大的背景中，来深一步思考。

　　其实任何一部伟大著作的诞生，都是要应对时代的问题。明末清初一个文化大问题就是传统的礼仪变得越来越虚伪，这时候人们怎么建立起一个良好的人与人之间的关系？曹雪芹是站在"情"的立场，通过贾宝玉建立起他的价值观，希望用"情"使得本来已经变得客套虚伪的礼仪能够充实起来，即让外形和内核有一个重新的联系。

这实际上是明代或者更早的时候一直在讨论的：当礼仪让人变得虚伪时，人该怎么做？有人很激烈地抨击礼仪，但他们不是对礼仪本身反感，而是因为礼仪被抽空了，完全成了一种虚伪，一种外在的客套。

《红楼梦》也呈现了这种复杂的思想，它一方面好像极力用贾宝玉来破坏这种虚伪的礼仪，但另一方面它又塑造了坚决执行礼仪的人，探春就堪称典范。王熙凤的自私就不必说了，薛宝钗做起事来有时候还有私心，包括在协理大观园的时候，她建议将大观园田地物产承包给跟自己家的丫鬟莺儿有关系的人。她虽口中说你们自己去商量，跟我没关系，但最后读者会发现，受益者拐弯抹角地和她家还是有关系。

探春就不一样，她绝对是一个大公无私的人，对她的亲生母亲赵姨娘也没有任何偏心。因为赵姨娘是庶母，按照礼仪不予认可。探春这个人可能在某种意义上就是曹雪芹要塑造的理想人物，尽管我们觉得她太不近人情，但她自己不会这么觉得，因为按照当时的礼仪规范，她就应该这么做。这样，我们即使不认同她的行为处事方式，但也能对它据以产生的时代有更深入的理解，对无法超越于时代的人物有一种悲悯式的同情。

总之，读不读《红楼梦》，"死活读不下去"还是"死活要读下去"，这是在考验读者，挑战读者：把心灵世界投向一个怎样的世界，把小说人物，把自己，把传统文化，把传统文化充分展开的内在矛盾，比如"情与礼"的冲突，放在怎样的平台来思考。而这种深入思考，是需要靠自己完整阅读、反复阅读，才能获得较为清晰的认识的。

《红楼梦》作者曾自我调侃，称他的小说可以让人消愁解闷，但如果真有读者以此为读书的唯一目的，则我这里写下的建议可以不用理睬。如果读者是抱着阅读经典名著的心态、提高自身文化修养的目的来阅读的，那么不妨看看下面两条建议。

其一，虽然我不反对直接阅读清代流行的各种脂砚斋抄本和程伟元印刷本的影印本——许多出版社都有出版，有人还以图文并茂的方式作了介绍，如陈守志和邱华栋合著的《红楼梦版本图说》就是这样的介绍性的书——但为方便阅读，找一本经过当代学者点校整理的普及本最为可行。

自 1949 年中华人民共和国成立七十余年来，国内有过两个最通行的整理本，分别在前三十年和后四十年两个阶段独领风骚。

1982 年以前，国内最流行的整理本是人民文学出版社以程伟元在乾隆五十七年壬子（1792）萃文书屋木活字的印刷本（简称程乙本，以区别于前一年印刷的程甲本）为底本出版的。1982 年 3 月，人民文学出版社出版了中国艺术研究院红楼梦研究所整理的以脂砚斋庚辰本为底本的整理本，收入"中国古典文学读本丛书"，成为迄今最流行的本子。这两个通行的本子，相对来说，以脂砚斋早期抄本庚辰本为底本的整理本，更接近曹雪芹的原稿，点校整理时，又添加了相当详细的注释以便阅读，理应是我们阅读的首选。

当然，1982 年的整理本也有一定的不足需要注意。

这种不足倒还不是抄本有许多错误，难以在校对中全部改正，主要还是庚辰本虽然是脂砚斋早期抄本中保留下较多文字的，但也只有七十八回，不但没有后四十回，前面还缺失了第六十四、第六十七两回。缺失的部分，都是由程甲本补上的。特别是后四十回用程甲本补上后，前后拼接难以弥补的断裂也是明显存在的，这会给阅读时前后衔接性理解带来一定麻烦。

其二，读《红楼梦》，手头最好准备一本工具书。读书查词典，这是一种好习惯，但这种好习惯，在读小说时能保持下来的人不多。但《红楼梦》这本小说有它的特殊性。小说本身的百科全书性质，使得涉及的物品、器具、礼制乃至诗词曲赋、方言俗语等，都给理解带来了障碍；而繁多的出场人物，在词典中分条目介绍，也便于阅读过程中随时检索。上海古籍出版社的《红楼梦鉴赏辞典》以及文化艺术出版社的《红楼梦大辞典》，代表着南北地区《红楼梦》研究的较高水平，特别是《红楼梦大辞典》，已经出了修订版，目前第三次修订版也即将面世。利用这一类工具书，有助于扫清阅读《红楼梦》的基本障碍。

　　《红楼梦》人多事杂、意蕴丰富，对初读者来说，是不小的挑战。这里据我个人理解，并斟酌其他学者的共识，梳理一些要点，让大家对《红楼梦》的内容有大概了解，算是先寻个路径。把这些要点归纳为"一二三四五"五点，既有排序编号的功能，又力图深入小说肌理。具体内容如下：

1. 一组概念

　　《红楼梦》最核心的一组概念，是"真""假"，这是小说开宗明义交代的。小说通过甄士隐和贾雨村两个人物称呼的谐音，进一步延伸到小说前台的贾府和作为背景的江南甄家，把复杂的意蕴暗示出来。

就小说本身看，"真""假"起码涉及三层意蕴：作为叙事层面的真事与虚拟，作为宗教哲学层面的本真和假象，作为道德层面的真诚与虚伪。由于《红楼梦》是一部"大旨谈情"之书，而主要描写的又是贵族礼仪之家，这样，"真""假"概念问题，又往往跟上述最后一层的情感与礼仪的问题紧密关联。或者说，《红楼梦》是通过小说方式回应了中国传统礼仪文化的一个危机：当维系人与人之间的礼仪日渐虚假时，怎样通过真情的充实或者重构，把适宜的人际关系重新建立起来。在《红楼梦》展开的女性群像中，李纨和秦可卿似乎成了礼与情的具体化身。李谐音"礼"，秦谐音"情"，也许在作者原来的构思中，李纨年轻守寡、恪守礼仪，秦可卿纵情越礼（秦可卿的形象后来有所删改），是在礼与情之间各取一端的人物。由此涉及的"真""假"思考，就特别意味深长。

需要说明的是，谈到"一"，之所以不是选"一个"概念（例如"真"），而是"一组"概念，是因为在小说中，这两个概念如影随形，很难完全拆解开来。一方面，比如在叙事层面，我们固然可以把它做写实和虚拟的区分，但虚拟中的求真精神，创作的写实主义倾向，鲁迅所谓的"如实描写，并无讳饰"，在《红楼梦》中有明显体现。另一方面，作者又有意强调"真""假"的内在转化性，强调"假作真时真亦假"，更兼以作者的反讽笔法，使得"真""假"判断，愈发扑朔迷离，也很难截然分开了。

2. 二条线索

小说有两条基本的情节线索。尽管早年有家族衰败史和爱情悲剧史何者为主的争议，后来又有人提出女性悲剧命运史的说法来补充，但目前大多数人采用两条主线构成的网状结构说法，认为："一条是以贾府为中心，叙述四大家族由鼎盛走向衰败的过程；一条是以宝黛爱情悲剧为中心，叙述大观园中人物的命运。"

据第二回冷子兴演说荣国府的介绍，从贾府创业的第一代宁国公贾演、荣国公贾源"水字辈"算起，经过"代"字的"人字辈"、"敬""赦""政"的"文字辈"以及"珍""琏""宝玉"的"玉字辈"，再到贾蓉、贾兰、贾蔷等的"草字辈"，正所谓"君子之泽，五世而斩"，大概也该是气数尽了的时候。冷子兴谈及贾府家族衰败的两点，一是费用亏空，另一是后继乏人。钱财和人才两大问题中，人才的问题尤为重要，可以视为普遍性的常识。人才问题在于不单单是出了如贾宝玉这样的叛逆者，更有大量的腐败者，才最终无力支撑起家族的大厦。

爱情悲剧史，是以宝黛爱情为中心线索的。这固然是因为宝黛爱情的展开，从他们相见时的"一见钟情"到过程中的波折，直至深深默契及最终悲剧，在所有小说人物的类似关系中，占有最大篇幅，但更重要的，是只有在宝黛彼此的交往中，才真正展现出来自共同志趣的两人间的心灵激荡，展现出那种苦闷、那种甜蜜、那种燃烧、那种神魂颠倒。相比之下，龄官的痴情、小红的发呆、藕官的假戏真做、尤三姐的情感执着和刚烈，以及司棋的敢作敢当，等等，似乎都没能得到（或至少没见到）另一位的相应回报。

何其芳当年在《论红楼梦》中，提出宝黛两人"在恋爱上是叛逆者"和"一对叛逆者的恋爱"的双重性。也许，更为直接地说，正是因为他们是在真正地恋爱，所以注定了他们悲剧的必然性。在传统社会，可以允许有男女之间传宗接代、满足动物性欲望的生理关系，可以允许有政治联姻、巩固家族力量的伦理关系，但就是不接受、不认同情感激荡的心理关系。费孝通在《乡土中国》"男女有别"一章中，认为传统社会是要维持固定的社会关系，所以"就得避免情感的激动"。

而对一个等级森严的礼仪家族来说，男女之间的强烈恋情，容易导致破坏男女的尊卑秩序。这样，《红楼梦》中恋爱的冲动，就成了一种不被家长允许的"下流痴病"，是万万不可有的"心病"。爱情悲剧，也就成了让现代人匪夷所思的仅仅因为爱情就可以导致的悲剧。

3. 三个空间

《红楼梦》故事发生的核心环境，是大观园。清代的二知道人（蔡家琬）曾把大观园视作陶渊明笔下的桃花源，以后一些红学家进一步强调了大观园的理想性，特别是余英时提出把大观园作为理想世界，与大观园以外的现实世界区分开来，产生了较大影响。不过，在余英时之前，深刻影响了余英时观点的宋淇《论大观园》，虽然也承认园子本身具有理想性，但主要是把它作为未充分成长起来的女儿世界来看待。这种大观园的青春女儿世界与大观园以外的成年男人化世界形成的空间划分，似乎更贴近男主人公贾宝玉的思路。

此外，小说设置的大荒山、太虚幻境等空间，以一种悠远、恒常乃至有点神秘的背景世界，让不论是大观园的青春女儿世界还是大观园以外的男人化世界，都显示了共通的无常性。这也是两条线索最终走向的衰败或者蜕变，显示了小说舞台前景的整体动态性。

当然，对作为前景舞台的两个空间，区分出理想和现实，只具有相对意义。

一方面，理想抑或现实，是因人而异的，比如从贾府外进入大观园的尤二姐，其实就是从相对自由的天地进入了无法挣脱的牢笼。另一方面，理想世界和现实世界也是动态发展的，所以当大观园越发萧条时，走出大观园，走出贾府，来到农村，在一个似乎更现实的世界里，在新的生活方式中，获得了生命活力的可能，这是曹雪芹本来为巧姐的成长规划好的轨迹，只可惜并没能在程高本中得到落实。

4. 四季时间

小说是时间的艺术。《红楼梦》叙事主体内容跨越的流动时间（不同于大荒山、太虚幻境等恒久的时间），依据程本一百二十回本，近二十年。贾宝玉出生为小说主体内容开始的第一年，到第一百二十回他跟一僧一道出家，是贾政所谓的"竟哄了老太太十九年"。但是在这近二十年中，主要人物在大观园等空间活动时，园林的四季变化，以及相应的节令活动，在小说中有鲜明的体现，大有"虽无纪历志，四时自成岁"的特征。

也是二知道人提出了《红楼梦》的四季特征问题。后来有学者结合西方学者弗莱的四季叙事，提出了《红楼梦》的情节推移有四季叙事的明显脉络。

我这里提出《红楼梦》四季时间的理解要点，是从三方面着眼的。

其一，从宏观看，全书可以把第二十三回贾宝玉与众姐妹一起在春天的二月二十二日（农历）入住大观园作为一个起点，把宝黛共读《西厢》、黛玉葬花、宝钗扑蝶作为春天的主要活动；再以宝玉挨打形成的激烈冲突和紧随其后的宝黛默契带来的情感燃烧作过渡，最终在群芳开夜宴中达到夏日狂欢的顶峰；然后是从第七十一回起，真正开启了秋天的肃杀，直接的如抄检大观园、晴雯之死等，间接的如夏金桂嫁薛蟠后对香菱的摧残；最后在黛玉之死、宝玉雪地里离去中呈现大地冬日的寂灭悲凉感。

其二，从中观看，《红楼梦》自第十八回以后，叙事节奏才缓慢下来。在第十八回之前，几乎叙述了贾宝玉经历的十二年时间；而在第十八回元妃省亲以后的一年里，叙事内容特别细致，一直到第五十三回，才开始写下一个元宵，即三十多回的篇幅才过去一年时间；然后是下一年时间，从第五十五回到第六十九回；而从第七十回到第八十回，则是又一年时间。也就是说，从第十八回到第八十回尽管篇幅内容超过全书的一半，但时间跨度只有三年。而在这三年里，尤其是前两年，四时气候变化的特征非常明显，并和时令节庆活动结合在一起，构成推动情节发展的重要因子。而在第三年，春夏季的活动压缩在第七十回的一回中完成，然后从第七十一回开始就进入漫长的秋日萧索中，其透射的一种整体氛围，跟小说情节基调是一致的。

其三，从微观看，我们可以借助人物刚入住大观园的第一年，也就是四时最分明的一年，看人物的主要活动和节令的关系。这里稍作列举：

回　　目	季节	事　　件
第二十三回至第二十七回	春天	入住大观园（二月二十二）、共读《西厢》（三月中旬）、宝玉凤姐中蛊、黛玉葬花、宝钗扑蝶
第二十八回至第三十六回	夏天	宝玉初会蒋玉菡、贾府清虚观打醮、晴雯撕扇（端午正日）、金钏投井、龄官画蔷、宝玉挨打、黛钗探视、宝玉梦兆绛芸轩、宝玉情悟梨香院
第三十七回至第四十六回	秋天	探春发起诗社、刘姥姥游大观园、凤姐泼醋、鸳鸯拒婚
第四十七回至第五十二回	冬天	薛蟠挨打外出经商（十月十四日）、香菱学诗、众人芦雪庵联诗、晴雯补裘

5. 五层人物

　　《红楼梦》人物众多，我在后续行文中会把这作为一个主要特点标举出来，这里先稍加提示。

　　如果以《红楼梦》的青春女性来聚焦，那么参照金陵十二钗册子，可以大致划分五个层级：第五回提到的正册、副册和又副册，以及层次更低，在太虚幻境中略而不提的可以考虑放入的三副、四副。正册中十二位女性都出身贵族，也是主要人物形象，并根据与贾宝玉的亲疏关系，两人一组，依次排列为黛玉、宝钗、元春、探春、湘云、妙玉、迎春、惜春、凤姐、巧姐、李纨、可卿。副册第一位是香菱，余下的人书中没有提及。这一层人物应该是或者出身富贵人家而地位有所下降，或者虽是自由民但未必富贵，或者在小说中处于边缘位置的，如薛宝琴、邢岫烟、尤二姐、尤三姐、李绮、李纹等。又副册除开小说列出的晴雯、袭人两人，还应该有各房的大丫鬟，如鸳鸯、平儿、莺儿、翠缕、金钏、紫鹃以及四位小姐身边的"琴""棋""书""画"。如果下面还可以列两个层次，那么应该是小丫鬟和社会最底层的十二戏官。

从易于理解角度说，也许我们可以把五层的第一列全部跟黛玉关联起来，那么小丫鬟的第一位就是柳五儿，戏官的第一位就是龄官了，以对应正册的黛玉、副册的香菱和又副册的晴雯。

提出这样的横向十二位、纵向五层的人物名录，一方面是要说明其跟男主人公贾宝玉的错综复杂关系，另一方面也要大家注意，《红楼梦》所描写的礼仪之家在人物相处关系上所体现的严格的等级制度。这里列出的人物关系，虽然基本围绕着年轻女性，但贾府内外的其他人物，也大致可以用此作为一个参照系，来确立他们各自应有的地位。

最后以几句说明作结语。以上概括出的五点，可能是挂一漏万，停留在局部的。比如以金陵十二钗册子来梳理小说人物就是如此。那么，这样的概括是否一定具有参考价值，我心里也不敢有把握。但我想特别强调的是，不仅仅让这五点成为进入《红楼梦》这部伟大小说的路径，也力求让这五点彼此间建立起一种内在关联，是我所希望的。比如两条线索只有在和空间时间以及人物分层的交织中，才有网状结构的具体体现。再比如，就大观园的青春女性来说，她们跟贾宝玉的社会关系，在很大程度上又落实到了空间关系里，即使同在大观园，她们所处的不同院落，比如黛玉、宝钗、湘云、妙玉，以及在同一个院落中，比如大丫鬟和小丫鬟在怡红院的不同站位（内

室与外间），又可以大致分出三个空间来。而核心概念的
"真""假"问题，在四时季节中，在春天对人的自然天性
的感发中，也有了黛玉葬花和宝钗扑蝶的真性情的流露，
只不过在那样的场合，黛玉一贯到底的真情和宝钗在遭遇
事件时突然变得伪饰的言行，又让两人显出了差异。

上述有些内容，在下文中会有所展开。总之，对全书
概括和区分出的五个要点，最终都需要在全书的阅读中得
到整合理解。

林黛玉
上图选自清改琦绘《红楼梦图咏》，下图选自清费丹旭绘《十二金钗图册·黛玉葬花》。林黛玉居金陵十二钗正册首位。

薛宝钗

上图选自清改琦绘《红楼梦图咏》，下图选自清费丹旭绘《十二金钗图册·宝钗扑蝶》。薛宝钗居金陵十二钗正册第二位。

贾元春

上图选自清改琦绘《红楼梦图咏》，下图选自清费丹旭绘《十二金钗图册·元春才选凤藻宫》。贾元春居金陵十二钗正册第三位。

元春

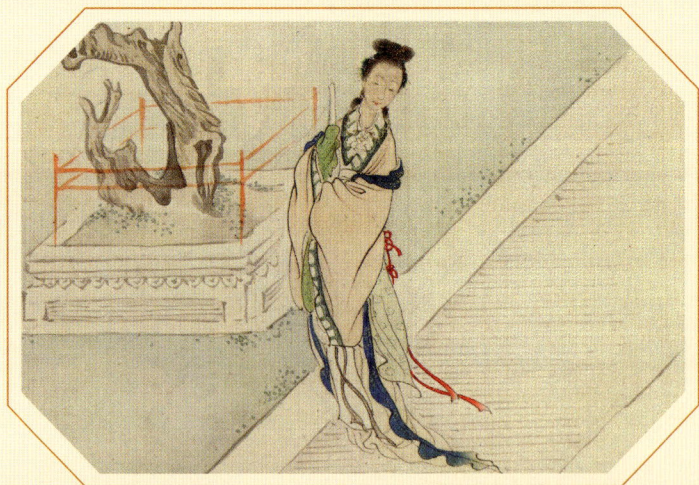

贾探春

上图选自清改琦绘
《红楼梦图咏》，下
图选自清费丹旭绘
《十二金钗图册·探
春远嫁》。贾探春居
金陵十二钗正册第
四位。

史湘云

上图选自清改琦绘
《红楼梦图咏》，下
图选自清费丹旭绘
《十二金钗图册·湘
云醉卧芍药丛》。史
湘云居金陵十二钗
正册第五位。

妙玉
上图选自清改琦绘
《红楼梦图咏》，下
图选自清费丹旭
绘《十二金钗图
册·妙玉品茶》。
妙玉居金陵十二钗
正册第六位。

贾迎春
上图选自清改琦绘
《红楼梦图咏》，下
图选自清费丹旭
绘《十二金钗图
册·迎春理妆》。
贾迎春居金陵十二
钗正册第七位。

贾惜春
上图选自清改琦绘
《红楼梦图咏》，下
图选自清费丹旭
绘《十二金钗图
册·惜春作画》。
贾惜春居金陵十二
钗正册第八位。

王熙凤

上图选自清改琦绘
《红楼梦图咏》，下
图选自清费丹旭绘
《十二金钗图册·熙
凤踏雪》。王熙凤居
金陵十二钗正册第
九位。

巧姐

上图选自清改琦绘
《红楼梦图咏》，下
图选自清费丹旭绘
《十二金钗图册·巧
姐避居刘姥姥》。巧
姐居金陵十二钗正
册第十位。

李纨

上图选自清改琦绘
《红楼梦图咏》，下
图选自清费丹旭
绘《十二金钗图
册·李纨读书》。
李纨居金陵十二钗
正册第十一位。

李纨

秦可卿
　　上图选自清改琦绘
《红楼梦图咏》，下
图选自清费丹旭绘
《十二金钗图册·秦
可卿太虚幻境》。秦
可卿居金陵十二钗
正册第十二位。

二 《红楼梦》究竟伟大在哪儿?

《红楼梦》的伟大,本来是不言而喻的,但在和许多朋友实际接触中,在有人把《红楼梦》看作死活读不下去的书时,我发现原因之一,是他们并不明白《红楼梦》伟大在哪里。这正应了一句俗话:伟大也要有人懂。所以这里不嫌饶舌,从几个特定角度,把《红楼梦》的伟大盘点一番,希望能帮助大家加深对《红楼梦》的理解。

1. 贾府内外的几百张面孔

小说驾驭的人物多,是《红楼梦》伟大的重要原因。

但如果认为《红楼梦》仅靠人多,搞了一场人海战,就把其他小说的经典地位挤兑到后面了,显然不正确。关键还在于，那么庞大的队伍，其中有相当一部分人栩栩如生，个性鲜明，让读者读来不觉其杂乱，能够辨认出不同人的差异来，而由此组织起的情节进展也相当有序。作者是怎么做到的？

先看整部小说，一共安排了多少人出场？

根据不同标准，各家统计的结果很不一样。少则400来人，多则700余人，乃至900多人。折中的是上海古籍出版社的《红楼梦鉴赏辞典》所出人物词条599人，其中前八十回530人，后四十回新增69人。即以前八十回出场530人论，从贾宝玉出生第一年计算起，小说给主要人物活动的时间框定在15年左右。（如果加上所续的后四十回，就该有19年。）

在这么长的时间里，太多的人，太杂的事，容易让读者阅读时产生迷惑，这应该是作者自觉到的麻烦，所以他在小说开始的序幕部分，通过调动各种艺术手段，来对主要人物关系及其各自命运作梳理和暗示，以帮助读者获得纲领性的把握。而在展开具体内容时，为了应对这庞大的人物群体，为了让他们充分自在地活动起来，既从刻画人物的需要，也从方便读者的阅读考虑，作者对人物进行了多类型、结构化的整体设计。

（1）多类型的处理：立体与平面

人物分类，根据理解的需要，可以有多种分法。这里提到的类型，主要指人物形象是立体还是平面，性格是复杂还是单一；而在同一部小说中的多类型处理，则指依据小说表达的功能，将人物归属在不同类别加以塑造，并在兼容并蓄中，最终完成既相对独立又互为对照、互为补充的群体人物塑造效果。

具体看，对于小说最重要的人物，例如贾宝玉、王熙凤、林黛玉、薛宝钗等，基本采用的是圆形的、立体化的方式，或者塑造他们性格的多个侧面，或者保持他们个性的动态发展，从而使得读者对这些人物的评价，很难用单一、凝固、明确的概念来界定。（当然，贾宝玉和王熙凤作为立体人物的复杂、独立程度，又要超过林黛玉和薛宝钗。）

《红楼梦》第十九回中，脂砚斋评语针对贾宝玉的一段心理活动,是以一连串"说不得"来评价贾宝玉并连带上黛玉的。

这皆是宝玉意中心中确实之念,非前勉强之词,所以谓"今古未有之一人"耳。听其囫囵不解之言,察其幽微感触之心,审其痴妄委婉之意,皆今古未见之人,亦是未见之文字。说不得贤,说不得愚,说不得不肖;说不得善,说不得恶;说不得正大光明,说不得混账恶赖;说不得聪明才俊,说不得庸俗平凡;说不得好色好淫,说不得情痴情种:恰恰只有一颦儿可对,令他人徒加评论,总未摸着他二人是何等脱胎、何等心臆、何等骨肉。

这段评语提示读者的是,当小说塑造人物以全新的"今古未有之一人"的面目出现时,人物的圆形、立体,人物性格的丰富复杂,似乎就有了很大的必然性。导致这种立体和复杂性的,固然可以说是人物的遗传天性或者环境,但又跟周边人理解的差异导致众说纷纭的评价有一定关系。

舒芜在《说梦录》中分析贾宝玉形象时就指出，人物还没上场，围绕着他的反差极大的富有争议的各种评价就先铺垫起来了。比如冷子兴、贾雨村、王夫人、黛玉的母亲贾敏等对宝玉先有的评议，都是不一致的。等黛玉见到宝玉，又有自己的一番直接感受，然后再插入后人的点评，还有袭人的闲谈等。这一切评价，围绕在宝玉身边，呈现出万花筒般的各种观感。通过类似描写，作者深刻表明了，人物的立体既是人物自己呈现的，也是经过他人的感受，从他人的目光折射出来、被众人言说出来的。

人物的复杂在于不但言人人殊，难以达成一致性，而且每个人自己的言说就未必能自洽。比如林黛玉进贾府，王夫人特意关照她不要搭理贾宝玉时，接下来有这样一段描写：

黛玉亦常听得母亲说过，二舅母生的有个表兄，乃衔玉而诞，顽劣异常，极恶读书，最喜在内帏厮混，外祖母又极溺爱，无人敢管。今见王夫人如此说，便知说的是这表兄了。因陪笑道："舅母说的，可是衔玉所生的这位哥哥？在家时亦曾听见母亲常说，这位哥哥比我大一岁，小名就唤宝玉，虽极憨顽，说在姊妹情中极好的。"

将黛玉回忆她母亲的话与她应答王夫人的话对照起来看，发现其最终给出的"在姊妹情中极好的"一句，是自己添油加醋加出来的。这究竟是她回忆母亲评价的遗漏，还是纯粹出于礼貌，对宝玉"内帏厮混"的贬义性交代作了翻转性的泛泛肯定？不管怎么说，仅此一小段描写，也把对宝玉的理解带进了云里雾里。

而王熙凤形象的立体化特征，在整个中国小说人物画廊中都是极为罕见的。早在 1940 年代，王昆仑的《红楼梦人物论》和高语罕的《红楼梦宝藏》，就有专篇对这一形象的丰富复杂给出了相当出色的分析。1980 年代，王朝闻出版数十万字的《论凤姐》，将这一讨论提升到新的高度。

虽然相比之下，作为立体人物的黛玉和宝钗要相对单纯一些（这跟人物对比性的结构化处理有一定关系，下文会讨论），但引发的争议，特别是对薛宝钗的理解、评价问题，也成了"红学"中一个持续争论的话题。

再看平面人物的塑造。

这里先要澄清一个误解。自从英国小说家福斯特的《小说面面观》传入中国后，大家习惯于用圆形的、立体的人物作为小说塑造人物成功的标志。但事实是，福斯特在分出圆形人物和平面人物时，尽管强调塑造圆形人物更为复杂、更有难度，但也没有把平面人物作为小说家的败笔来看待。而且，就一部人物众多的小说巨著来说，出现的人物不可能个个都圆形、立体，性格都丰富复杂，因为这既难以让作者下手，也会增加读者理解的困难。

虽然也有人从"人是社会关系的总和"角度，把塑造形象的复杂、立体看作反映社会深刻的一种标志，但如果用辩证的眼光看，人所处的具体环境有相对复杂和单纯的区别，存在于不同社会环境的人物，也应该有平面性格存在的合理性。更何况作家的创作，还有尝试超越现实的冲动，从而产生把某方面个性逻辑推向极致带来的特殊魅力。

就中国传统小说而言，人物平面、性格单一倒是我们的一种民族文化特色，也为大众所喜闻乐见。这类形象塑造成功的范例，可以《三国志通俗演义》(即《三国演义》)为代表，著名的人物形象，都是把某种个性发展到了极致，即便有时候会让人觉得不现实，但依然具有震撼人心的力量，并且被绝大部分读者所认可。如关羽之义，曹操之奸，诸葛亮之智，都是超乎常人的。设想一下，如果有艺术家要从人之常情出发，把诸葛亮改编成有愚蠢一面的人物形象的话，恐怕是难过百姓这一关的。这不仅仅是已经成为一种接受习惯的问题，而且受众也要求能在某些艺术形象身上得到理想的寄托或者不满的充分宣泄，而平面人物恰恰是承载这种功能的。

在《红楼梦》中，探春、迎春、惜春三姐妹，还有赵姨娘、贾环等，都可以说是平面人物中塑造得比较出色的。这中间，探春的形象相对来说要更立体一些，但抓住她如何为人的关键点并推向逻辑极致，不允许出现任何变通和意外，其平面人物塑造的基本原则还是贯穿始终的。探春和贾环，这两人也许代表着作者塑造平面人面在"人设"上的两个极端：一个极端大公无私、恪守传统礼制到不近人情的地步，对自己亲生母亲赵姨娘和舅舅赵国基不肯留任何通融的余地；一个是极端自私阴险到可厌乃至可怕的地步，而其不近人情，倒跟探春有几分相似。探春似乎成了作者理想的寄托，所谓的"裙钗一二可齐家"等，目标人物首先应该就是探春。而如果拿坏小子薛蟠和贾环来比较，薛蟠就是一个相对立体化、复杂化的人物，在可恶中不时冒出一些可爱的特征来，而贾环则是一坏到底，似乎是一个无往而不恶的化身。就这样，平面人物和立体人物搭配在一部小说里，各自分担不同的功能，才让小说变得更好看。

（2）结构化的系列

在把人物大致进行立体化、平面化等分类塑造外，作者又努力对人物进行结构化处理，将特定的人物群体纳入一个结构框架中来加以整体性的，同时也是各有侧重的把握。

比如将主要女性人物以金陵十二钗的册子加以结构化处理就是如此。

小说第五回写贾宝玉神游太虚幻境，看到了金陵十二钗正册的全部判词、图画以及副册、又副册中的局部内容。我们可以把同一册的人物排列看作同等级的水平结构关系，而正册、副册、又副册之间，构成不同等级的垂直人物结构关系。

贾宝玉在神游太虚幻境时共翻到三册。正册十二人依次看过，题咏的都是贵族出身的女子。副册则看了题咏的排在第一的香菱，这册题咏的应该是出身虽好，或家族败落、或自身沦落的女子。又副册看了题咏的两个大丫鬟——晴雯和袭人。如果小说中还有三副的话，就是题咏小丫鬟，有四副的话，就是题咏龄官等十二伶人。因为按照中国传统的观念，伶人的地位不如三等丫鬟，只能是放在四副中了。所以它的纵向的结构是按照地位等级依次往下排的。当然，也有学者认为，三副、四副的册子是不存在的，小说本来就没说有。

贾宝玉梦游太虚幻境
选自清《红楼梦赋图册》。《红楼梦》第五回有提纲挈领的作用，暗示了众女子的命运。

正册十二人的水平结构又是按照什么来排的呢？现在好多学者达成共识，认为是按照和贾宝玉的情感亲疏来排列的，跟贾宝玉感情最亲的排前面，相对疏远的排后面。于是正册的十二位，第一、第二位是林黛玉和薛宝钗，因为这两个人毫无疑问是和贾宝玉最亲的，册子里两个人是合在一起题咏的。虽然清代有评点家认为薛宝钗该是第一，林黛玉第二，理由很简单，用现在的话说，林黛玉是女朋友，薛宝钗是妻子，女朋友再好只能排在第二。但在又副册里，晴雯排第一，袭人排第二，根据"钗影黛副"的对应规律，以晴雯明确的位置来倒推正册，把黛玉放在第一，合理性可能更大一点。

第三、第四位的元春和探春是贾宝玉的亲姐妹，一个姐姐、一个妹妹，而且跟贾宝玉感情挺好。湘云和妙玉让人觉得有点奇怪，怎么放在了第五、第六的位置？特别是妙玉，根本不是四大家族的人，既不是血亲，又不是姻亲，八竿子打不着的人，居然排到了第六位？这当然也是因为她跟贾宝玉有非同一般的情感关系，小说中不止一处写到，如栊翠庵品茶时她把自己的茶杯给宝玉喝，宝玉生日给他送贺帖等，隐隐约约暗示了这层关系。

接下来是迎春、惜春，一个堂姐、一个堂妹，排第七、第八位。再接下来是凤姐和巧姐，然后是李纨和可卿。让人感到有点奇怪的是，凤姐和李纨是宝玉的嫂嫂，按照中国传统习惯，嫂嫂和小叔子要避讳，所以关系疏远也正常；问题是秦可卿跟贾宝玉关系非同一般，有人甚至还认为她是贾宝玉的性启蒙者，所以可卿去世，小说写贾宝玉急火攻心而当场吐血，为什么她排在最后？理由可能是她最不重要，也可以认为是总结。因为秦可卿的"秦"谐音情感的"情"，"情天情海幻情深"，所以用情来总结整个正册序列，可能也合适。

如果站在爱情角度，把正册中的人物进一步聚焦，那么，林黛玉、薛宝钗、史湘云、妙玉四位女性形成情感的方阵，与居中的情种贾宝玉，形成又一种整体比较的结构关系。林黛玉情感的交流方式，一般是夸张的、张扬的，甚至嫉妒成性；薛宝钗的情感是内敛的、含蓄的，而相对来说为人也不那么妒忌，涵养很深，即使不高兴也不会明显表露出来，更不可能像林黛玉那样要死要活。史湘云的情感流露的方式是自然，是收放自如；妙玉恰好相反，是绝对的不自然，是矫揉造作。

这四人表达情感的方式不一样，实际上跟她们依托的文化背景有关。贾府是诗礼之家，从某种意义上林黛玉分到了"诗"，所以按照诗的原则来生活；薛宝钗分得了"礼"，所以按照礼的原则来处世。史湘云的自然的文化背景实际上依托了道家的名士风度，她自己也说"是真名士自风流"，能够大雅，也能够大俗；妙玉依托的是佛家文化，所以她否认情感，不能直面它，结果让自己一举一动都变得十分矫情。

其实，与贾宝玉情感的亲疏关系是基本的结构序列，其内部又是两两成组的对比方式，这不但在情感的爱情方阵中是如此，其他人物组合也不例外，从而形成更微妙的类比或者对比的结构对照。如迎春和惜春都采取退让的处世原则，但迎春偏于在世的道教，惜春偏于出世的佛教；凤姐有强烈的占有欲，其女儿巧姐安于平淡；李纨做人低调，可卿高调等。此外，分属于不同册子的纵向关系，也有着相应的类比或对比关系，如袭人和晴雯互为对比，又

栊翠庵品茶
选自清《红楼梦赋图册》。妙玉拿自己的茶杯给宝玉喝，出家人身份使她无法直面情感，一举一动显得矫揉造作。

呼应了宝钗和黛玉。

我在开篇提到，作者还借用了传统习俗的结构关系，用于一些相对比较边缘的人物塑造。比如贾府四姐妹元春、迎春、探春和惜春，其身边的大丫鬟，就是根据"琴棋书画"来配对的。

必须指出的是，结构化人物处理方式更利于平面化人物的塑造，而对于塑造立体的、复杂性格的人物形象或多或少构成困难。所以，在两两相对的结构中，比如黛玉和宝钗，作者又是通过"黛钗和解""黛钗合一"的方式，来增加人物形象的复杂性。

（3）人名的谐音寓意

《红楼梦》还有一种写人方式，常常引起人们的关注和讨论，就是习惯借助谐音寓意或者行为的某种概念化关联，来呈现一些人物的基本特征，是立体化、平面化以外的一种概念化的人物塑造方法。比如贾府四姐妹元、迎、探、惜，谐音"原应叹息"，"娇杏"谐音"侥幸"，"封肃"谐音"风俗"，"吴新登"谐音"无星戥"（戥，一种称量贵重物品或药品的微型秤），"乌进孝"谐音"无进孝"，"卜世仁"谐音"不是人"。而设计大观园的叫"山子野"，承包大观园田地物产的叫"田妈"，李纨的丫鬟"素云""碧云"，也有人认为这是"青女素娥俱耐冷"的演绎，以烘托李纨的寡居等。

当然，也不是说可作谐音寓意理解的人名，必然是概念化、符号化的，比如"贾化"（贾雨村）谐音"假话"，其人虽虚伪，但总体形象在着墨不多的人物中还算饱满。尽管如此，这种写人方式主要还是用在边缘化的人物身上，他们偶尔上场，用这种概念方式对人物的作用和功能起提示作用，便于读者掌握。

如果小说的主要人物命名也可以给读者这方面的联想，那么最多也只是揭示了人物的一个侧面，完全以此原则来理解主要人物，容易把小说人物理解得简单化，这是需要我们注意的。

（4）主要人物的评价与争议

贾宝玉：不彻底的叛逆者

作为《红楼梦》的男一号，围绕他的争议，从书里延伸到了书外。

有人说他是"新人"，有人说他是"多余的人"；有人说他是传统社会的叛逆者，又有人说他算不得真正的叛逆者，充其量不过是一个对社会制度怀有某些不满而又不能脱离其贵族阶层的人；有人认为他对女性的悲剧命运有共情体验，能够平等对待女性、关心女性，也有人认为他关心女性多，带来的祸害也多，而且能量极低，对她们的不幸束手无

贾宝玉，选自《新评绣像红楼梦全传》。《红楼梦》核心人物，怡红公子。"俏东君与莺花作主"，言其最爱惜女儿。

策，最后得出结论：暖男的爱不过如此。诸如此类的众说纷纭，都或多或少揭示了其形象的某个侧面，也正说明他是小说中最复杂的立体人物之一。

导致其形象复杂的原因，一方面是他承担了小说的多种功能，在出任作品一号男角外，还作为勾连主要情

节发展的线索性人物，以及作为另一个叙述者通灵宝玉的携带者进入贾府，既把自己，也把他人的命运投射到读者面前，是脂砚斋所谓"通部情案，皆必从石兄挂号"的枢纽性人物。另一方面，从作者定位的人物角色本身看，贾宝玉拒绝走科举功名之路，反对等级森严的以男性主子为中心的宗法制度，努力着要从传统的人生价值观中挣脱出来，而又没有全新的道路可以让他去走，这样，他行为的古怪乖张、不近人情，或者有时又流露出虚无主义的消极念头，也是可以理解的。

值得注意的是，作者塑造这一人物，让传统思想暴露的矛盾在其内心深处全面展开时，是写实和象征手法兼而用之的，这也在很大程度上增加了理解这一人物复杂性的难度。

比如，他与黛玉的恋情，他对女孩子体贴入微的关心，常常表现出一定的理想色彩，但这种理想色彩，又是以贾宝玉低龄化的儿戏状态表现出来的。之所以这么处理，是因为只有这样写，贾宝玉才能找到他的生存空间，他的言行才会被恪守礼法的家长所忽视，不会被当作有严重问题的事件来加以阻拦。而反过来说，也正因为可作为儿戏畅通无阻，也就不会得到严肃的对待，这样，其正面的思想力量，也很难对他人和社会构成一种冲击。

总之，贾宝玉归根结底还是依存于他所反对的那个世界，或者说，他对他所处的那个世界的反对归根结底是不彻底的。就像吴组缃在《论贾宝玉典型形象》的结尾，用一个故事喻示了这种不彻底性。

我们知道有一个民间故事：一个樵夫，坐在树枝丫上面，用斧子砍他所坐的那枝丫；他所要砍掉的，正是他赖以托身的。

所以，贾宝玉最终不得不以遁入空门的逃避方式，走向了一个虚无的世界。不过，与其几乎一体化的通灵宝玉回归大荒山，还有和青埂（情根）峰的对峙，包括石头留下的"大旨谈情"的文字，暗示虚无中也有着不虚无的面向，而不是像有些学者认为的，贾宝玉最终成了完全没有担当的逍遥者。

甄宝玉：贾宝玉的现实性存在

《红楼梦》中，因为"甄""贾"谐音"真""假"，延伸出基本的两组人物对应：甄士隐和贾雨村，甄宝玉和贾宝玉。如同甄士隐的退场烘托贾雨村上场，甄宝玉的出现主要也是对贾宝玉起烘托作用，凸显贾宝玉的特殊价值。

甄宝玉最先出现，是在冷子兴说及京城里的贵公子贾宝玉性情怪癖，对女孩子特别亲近时。贾雨村为了反驳冷子兴的论调，用江南甄家的甄宝玉来说明这种怪人并非个别。贾雨村甚至还盘点古今人物，对此类"聪俊灵秀"和"乖僻邪谬"合为一体的怪人，梳理出一个谱系，从空间的南北和时间的古今两方面，证明了此类人物的出现有一定程度的普遍性。这样的盘点，倒不是说贾宝玉这样的形象没有独特性，而是说明，再独到的人物形象也有其文化因袭和交互影响的一面，而并非是从石头缝中蹦出来的。

当然，甄宝玉真正的出场是在第五十六回，因为甄家女人来贾府请安，见到贾宝玉后，谈及甄宝玉与其十分相像，让贾宝玉梦到江南甄家，在后花园中见到了被女孩围着的甄宝玉，而自己作为男儿身，遭到了对方的臭骂。奇妙的是，当时甄宝玉也正做梦到了京城，见到了贾宝玉。他们彼此出现在对方的梦中，成了梦中梦的一场相遇，并且互相叫唤宝玉。

更奇妙的是，当贾宝玉在梦中叫唤另一个宝玉而醒来时，却发现自己正对着自己镜中的影子而入睡，这样，梦中的另一个形象，似乎又跟现实中的影子衔接起来了。有人认为这是作者的游戏笔墨，恐怕未必。因为恰恰是在梦中，自我被另一个宝玉所否定、所鄙视，才把宝玉日常直面自己时较少写到的那种自我焦虑和紧张显露了出来。

甄宝玉，与其说他是在外部世界烘托了贾宝玉的存在，毋宁说在内部折射了贾宝玉的心理世界的复杂。程高本的后四十回写甄宝玉面对贾宝玉大谈经济之道，也许倒是顺着前八十回的贾宝玉内心逻辑，推演出的一种可能的内心对立，就这一点而言，其形象是有所深化的。而脂评透露的后来贾宝玉失去的通灵宝玉由甄宝玉来归还的情节，在程高本后四十回中没有出现。

王熙凤：小胜利积攒大失败

虽然在金陵十二钗正册中，王熙凤排在较后，但如前所述，那是以跟贾宝玉情感关系的亲疏来排列的。如果从整部小说的重要性着眼，王熙凤无疑是仅次于贾宝玉的重要人物。有人认为，这一形象的立体、复杂和深刻程度，甚至超过了贾宝玉。

林黛玉进贾府，虽然写了与许多人见面，但着意渲染的，却是贾宝玉和王熙凤的亮相。小说给了两人最详尽的描写，而王熙凤笑声不断地最后赶来，正凸显了她与众不同的地位。后来，宝玉进入秦可卿房间午睡做梦，梦中与可卿成婚，虽然此梦中的可卿未必就是现实中的秦可卿，但两者之

酸醋当归浸

王熙凤，选自《新评绣像红楼梦全传》。荣府掌权者，"酸醋当归浸"，言其醋意大。

间有联系，秦可卿成为宝玉春梦的由头，是没有疑问的；而秦可卿去世前，又托梦给王熙凤献计献策来整治颓败的家族。王蒙由此认为，这是贾宝玉开启的情梦和王熙凤延伸出的政梦两条线索在小说开始部分的形象体现。

王熙凤治理家族事务的能力在协理宁国府时得到了充分体现，而平时为人的幽默机智、反应敏捷以及做事心狠手辣、不留情面等，都给人留下过深刻印象。她虽然在贾府如鱼得水、心想事成，但也有她根本的局限：其一是极端自私，其二是好虚荣，其三是没文化。因为自私，贪财贪利，不肯让利于人，所以为自己树立了不少敌人。因为虚荣，所以禁不起别人的挑唆。在弄权铁槛寺时，老尼挑唆她揽事给报酬，她却拒绝说不差钱，只是当老尼假意叹息说别人会误以为她没本事时，才把她那一点可怜的虚荣心挑逗出来。而因为没文化，所以就不能有长远的眼光来下大判断。有人说，她的才干、聪明都表现出"是战术家而不是战略家"，所以每一次跟别人的较量似乎都以她的胜利收场，但这种暂时的胜利，都是为将来的大失败埋下祸根，是小胜利积攒起了最后的大失败。

小说写了王熙凤的才干、聪明、风趣等方面，也写了她干下的不少坏事。作者欣赏她的同时，也对她有所指责，但总体倾向还是对其不幸的命运抱同情态度的。因为作为传统社会的一个女性，再能干强悍，丈夫、婆婆等对其永远有着一票否决权。所以在作者第五回写下的关于她的判词中，"一从二令三人木"暗示了她最终被休掉的结局。女性在那种宗法等级制度下的无力感，是具有普遍意义的。

林黛玉与薛宝钗：一人分得诗，一人分得礼

围绕着林黛玉与薛宝钗，从清代以来就有所谓拥林还是拥薛之争。作者似乎也有意识让读者进行比较分析，所以把两人的判词置于一幅册页中，还让宝玉似乎一度为在两人中难以取舍而迷惑，干脆让两人在梦中合二为一，作为"兼美"而做了宝玉的妻子。所以，有人就认为，梦中有此"兼美"形象，反映的是宝玉内心深处的兼爱意识。

俞平伯虽然也有"黛钗合一"的观点，但两人的区别却又是实实在在的：林黛玉做人偏于感性、偏于感情、

偏于悲观、偏于心直口快、偏于剑拔弩张、偏于四面出击不回避冲突;薛宝钗做人偏于理性、偏于实惠、偏于乐观、偏于含蓄内敛、偏于温柔敦厚、偏于广结善缘以和为贵。

同为才女,作者强调林黛玉的是她的才气,薛宝钗则是突出她的学问和见识。所以在元妃省亲时,两人都出手帮助了写诗时才思枯竭的宝玉,但黛玉是直接用写成的诗来帮助他,而宝钗则用典故来帮助。

同样擅长写诗,林黛玉独自一人时也会吟诗,但薛宝钗几乎都是在群体活动时才写诗。因为对林黛玉来说,诗是有感而发;而对薛宝钗来说,诗是一种社交活动。也正因为这一点,王昆仑会说,林黛玉在作诗,薛宝钗在做人。或者说,诗礼之家,林黛玉分得了诗,薛宝钗代表了礼。

同样有附带之物的对峙,比如草木和金锁。但草木是先天的,是和林黛玉生命为一体的;而金锁是外在的,是附加在薛宝钗身上的。所以,前者自然,后者人工;前者质朴,后者雕琢。

多愁多病身

林黛玉，选自《新评绣像红楼梦全传》。"多愁多病身"出自《西厢记》，形容张生体弱，与指崔莺莺的"倾国倾城貌"对仗，这里借指黛玉体弱敏感。

全不见半點輕狂

薛宝钗，选自《新评绣像红楼梦全传》。"全不见半点轻狂"，言其端庄稳重。

同样是需要常服药物来调理身体，林黛玉服用的是人参养荣丸，看似名贵，却在贵族之家配制起来甚为方便；薛宝钗服用的是冷香丸，虽可以从自然中取材，但对自然条件的要求却极为苛刻，由此也暗示了薛宝钗为人并不随和的一个常被人忽视的侧面。

让贾宝玉、也让读者惊讶的是，林黛玉和薛宝钗本应该是情敌，居然会成为好朋友，这是为什么？

有学者还写文章专门讨论了此问题，认为这是因为林黛玉从贾宝玉处、薛宝钗从贾宝玉的家长处得到了各自需要的保证，所以二人都放心了，也就没有必要再争执。这样的分析看似揭示了黛玉和宝钗的不同婚恋观，但还是有问题。关键是，薛宝钗并没有参与到这场似乎是现代三角恋爱的竞争中，在她的意识中，她恪守着传统礼仪，她是不会也不应该主动参与到这样的竞争中的。尽管她也许会默认金玉姻缘之说，并且还有一点小得意，但她不会主动去追求对方，更不会因此而跟黛玉争风吃醋。"解铃还须系铃人"，争执本来就起因于林黛玉的多心，并不时对宝钗主动出击。当林黛玉从宝玉处得到放心的保证，并深信这一点时，自然就和宝钗和解了。

认为宝玉和黛、钗间有三角恋爱式的竞争关系，也是根据程本后四十回中设计宝钗大婚与黛玉奄奄一息构成对比关系而回溯的想象。根据一些学者的研究，在曹雪芹的原有构思中，并没有这样戏剧性对比的一幕，黛玉是在贾府遭难贾宝玉出走躲祸而为其担忧中泪尽而亡的。贾宝玉后来虽然也娶了宝钗，但生活的困顿和痛失爱人的打击，以及无法得到宝钗的理解，终于使他不管不顾地出家为僧。虽然关于薛宝钗后来的命运不幸有种种的推论，但都属一家之言，这里不予讨论。这样一个恪守传统礼仪的贵族女子最终也未能过上幸福生活，其实是作者在不自觉中写出了当时社会制度的不合理。

甄士隐与贾雨村：中年哀乐与人生虚妄

利用谐音寓意塑造的那类人物中，甄士隐和贾雨村可能是最特殊的一组。

首先，他们是作为寓意显示的小说创作原则来提示给读者的，即"真事隐"去，"假语存"留。

黛玉焚稿断痴情
选自清《红楼梦赋图册》。

读者往往是从两方面来理解这种寓意：一方面，小说中并没有真实可靠的事实直接呈现出来，写下的基本是一些虚拟的故事和人物；另一方面，在虚拟的背后，可能有真实的事件隐伏在里面，所以有可能通过追踪小说表面留下的蛛丝马迹，把这些隐去的真事挖掘出来。专注于这种挖掘的，就形成"红学"中所谓的"索隐派"。

其次，他俩也作为实体化的人物形象活跃在小说中，是主要内容不可分割的一部分。

就甄士隐来说，他的人生之路，连同甄家的败落，既具有中年哀乐的普遍代表性，同时，也成为贾家衰败的缩影，而他在绝望中最终出家，也似乎为贾宝玉的人生归宿埋下了伏笔。这其中，英莲被拐卖而使得女性命运的不幸作为家族败落的转折点，元宵节和中秋节蕴含亲人聚散的结构性张力，都在贾府的家族衰败史中得到了具体展开。

再看贾雨村，其在小说中体现的功能和作用更复杂，更具多义性。贾雨村的"假语"既指向小说叙事的虚拟性，同时也指向为人道德和活跃在政治舞台上的虚伪性。

这集中反映在第四回写他为官的腐败，类似内容在之后的情节中也有所反映。（比如陷害收藏古扇的石呆子，致使石呆子家破人亡。）

此外，跟《红楼梦》"大旨谈情"联系起来的，是贾雨村个人情感意义的一种虚妄性。第一回写他作为一个落难才子寄居在葫芦庙卖字为生时，与甄家丫鬟娇杏偶然相遇，仅仅因对方回头多看了他几眼，就让他误以为娇杏钟情于自己，从而对她念念不忘，后来发迹为官，终于如愿以偿

做夫人便做得过

娇杏，选自《新评绣像红楼梦全传》。甄府丫鬟，因一眼之缘贾雨村飞黄腾达后纳其为妾。"做夫人便做得过"，言贾雨村正室去世后她被扶了正。

把她娶进门，其实是基于感情误会而发生的一场闹剧。虽然用世俗的眼光看，娇杏因这种误会而改变了人生命运，是属于侥幸，但恰恰是因误会而发生的婚姻联系，让真正

的感情处于空缺。作者有意让这种空缺的虚妄性，与小说主体部分展开的宝、黛间的饱满真情，构成了尖锐对比。

2. 日常生活的诗意与机锋

（1）人物心灵深处的冲突弥漫于日常

与《红楼梦》塑造一个大家族的众多人物紧密相关的是，被人物所推动或者表现人物状态的情节，也完全不同于传统白话小说。

从中国小说史发展历程看，《红楼梦》是把传统小说情节的传奇性、超迈性转变为日常生活诗意性的集大成之作。有些读者不能适应《红楼梦》，就是因为看不到通常小说情节应该呈现的强烈故事性和激烈的戏剧性。人物之间斗智斗勇带来的惊心动魄，一种正面的、外部的对撞性冲突，几乎都被日常生活的琐琐碎碎的吃饭聊天给挤占了。占比较少的人物间肢体性的激烈争斗，那种打斗的热闹，如第九回顽童为争风吃醋而大闹学堂、第六十回写赵姨娘与芳官的打斗等插曲、第六十一回司棋因厨房怠慢而撒泼，往往是以深刻反映人物所属的等级关系的矛盾，以及这种等级延伸出的背后权力较量为目的的。

主要不是描写情节的激烈冲突，而是表现人物心灵深处的冲突，并让这种心灵的内在冲突弥漫在日常生活吃饭聊天的各个方面，成为《红楼梦》情节最为独特的地方。我们稍加举例说明。

第二十二回写荣国府为宝钗十五岁的生日宴请戏班子演出，贾母让宝钗点演出的剧目，接下来写道：

宝钗点了一出《鲁智深醉闹五台山》。宝玉道："只好点这些戏。"宝钗道："你白听了这几年的戏，那里知道这出戏的好处，排场又好，词藻更妙。"宝玉道："我从来怕这些热闹戏。"宝钗笑道："要说这一出热闹，你还算不知戏呢。你过来，我告诉你，这一出戏热闹不热闹。——是一套北《点绛唇》，铿锵顿挫，韵律不用说是好的了；只那词藻中，有一支《寄生草》填的极妙，你何曾知道。"

芳心自警

芳官，选自《新评绣像红楼梦全传》。贾府采买的十二戏子之一，戏班解散后成为宝玉丫鬟。"芳心自警"，言其天真烂漫又聪慧。

人約黃昏後

司棋，选自《新评绣像红楼梦全传》。贾迎春的大丫鬟，大闹小厨房表现出其泼辣的个性。"人约黄昏后"，言其与表弟潘又安黄昏幽会。

宝玉见说的这般好，便凑近来央告："好姐姐，念与我听听。"宝钗便念道："漫揾英雄泪，相离处士家。谢慈悲，剃度在莲台下。没缘法，转眼分离乍。赤条条来去无牵挂。那里讨烟蓑雨笠卷单行，一任俺芒鞋破钵随缘化。"

宝玉听了，喜的拍膝画圈，称赏不已。又赞宝钗无书不知。林黛玉道："安静看戏罢。还没唱《山门》，你倒《妆疯》了。"

这里，看似只有一些大家聊戏的闲话，却有潜在的冲突涌动着，且能收旁敲侧击之功，令人大有回味的余地。

宝钗点的《鲁智深醉闹五台山》是一出闹戏。此前贾母让宝钗点戏时，宝钗点一折《西游记》这样的闹戏，正是老年的贾母所喜欢的。但宝玉向来不喜欢热闹戏，不过既然有贾母在场，为了照顾老祖宗的兴趣，点自己未必喜欢的热闹戏，也是合理的。所以当宝钗点了一折闹戏后，宝玉说："只好点这些戏。"其"只好"两字，显出一种无奈，似乎也是对宝钗的一种安慰。

不过宝钗恰恰不认同宝玉这一说法，似乎她纯粹是为了迎合老祖宗的兴趣才点这些闹戏的，好像也因此委屈了自己。所以这才引起宝钗对宝玉的反驳，认为自己点这样的戏，不单是为了迎合老祖宗，在一定程度上也照顾了自己的审美趣味，所以这里就不存在委屈自己，所谓"只好"的含义在。

对于薛宝钗这样一位恪守礼仪的贵族小姐来说，她确实能够时时照顾长辈的兴趣和要求，但她又不想让别人误以为这是在委屈自己的状态下做到的，那样就有虚伪的嫌疑。所以，她竭力赞赏这戏的韵律之美、辞藻之妙，是想证明，她是在满足自身的审美趣味中，达成与老祖宗兴趣的一致的。而宝钗念给宝玉听的那支《寄生草》曲子，果然打动了宝玉，让宝玉在认同宝钗审美趣味的同时，也赞扬宝钗对戏曲的熟悉，这当然让在旁的黛玉醋意顿生。

那么林黛玉是怎么反击的呢？虽然表面是让宝玉安静看戏，但实际上也讽刺了宝玉：一个不喜欢看热闹戏的人，自己的言行却是最不安静的。这是第一层，把宝玉置于一个自相矛盾的境地。第二层，她用两折戏名来指责宝玉，言外之意也是在跟薛宝钗暗暗较劲，因为宝玉赞扬宝钗有广博的戏曲知识，那么黛玉在即兴指责宝玉时，能很妥帖地用上两折戏名，就表明自己对戏曲也非门外汉。

诸如此类的言外之意，我们读者只有在细细品味中，才能稍稍进入他们各自的内心世界，得以理解他们内心曾经有过怎样的波澜涌动。

而过后，当宝玉在与周边姐妹的交往中不断感到委屈时，《寄生草》的曲词更进一步引发了他"赤条条来去无牵挂"的感叹。那种热闹戏文中蕴含着冷思考的意趣，把戏外的世界也一并打通了，并成为《红楼梦》中一条若隐若现的心理冲突的脉络贯穿始终。

再如第四十回，写刘姥姥第二次去荣国府，因为说话跟贾母投了缘，所以贾府招待她各种美食，还带她逛大观园。在大观园，鸳鸯和凤姐策划了一场闹剧给大家逗乐，让刘姥姥在吃饭前，如小丑般自我嘲讽做怪样，结果让在场人都笑翻了，其间呈现的各种笑态，成为《红楼梦》描写最生动的篇章之一。

真是积世老婆婆

刘姥姥，选自《新评
绣像红楼梦全传》。
"真是积世老婆婆"，
言其年长见识广。

但毕竟，这种带来轰动效应的戏剧冲突比较少见，而其关联的另一种看似波澜不惊的冲突，却更常见，也更耐人寻味。

小说交代薛宝钗也在场，但并没有写到她如何反应。不过从"独有凤姐鸳鸯二人撑着"这句看，宝钗也笑了。（笑的人应该也包括没有写到的李纨和迎春。）

让我们好奇的是，这样一个最懂得恪守传统礼仪的人，在这种场合下该如何自处？又如何来面对他人甚至其母亲的失态？

我觉得一个可能是，作者这样的略而不写，是他自己感觉到了书写的困难，无法把控好写薛宝钗笑得失态或者并不失态的分寸感，所以干脆采取回避的方式，从而留给读者更大的想象空间。

但在事后，作者通过补笔，又让薛宝钗回顾了这一场面。

第四十二回，写刘姥姥因为感叹大观园的美，想有图把它画下来收藏，结果这任务就派给了擅长绘画的惜春。李纨给了她一个月的时间，她嫌时间短，接下来就有这样一段对话描写：

黛玉道："论理一年也不多。这园子盖才盖了一年，如今要画自然得二年工夫呢。又要研墨，又要蘸笔，又要铺纸，又要着颜色，又要……"刚说到这里，众人知道他是取笑惜春，便都笑问说："还要怎样？"黛玉也

惜春，选自《新评绣像红楼梦全传》。"礼三宝"，言其有向佛之心，后出家为尼。

自己撑不住笑道:"又要照着这样儿慢慢的画,可不得二年的工夫!"众人听了,都拍手笑个不住。宝钗笑道:"'又要照着这个慢慢的画',这落后一句最妙。所以昨儿那些笑话儿虽然可笑,回想是没味的。你们细想颦儿这几句话虽是淡的,回想却有滋味。我倒笑的动不得了。"

对此,庚辰本有脂评说:"看他刘姥姥笑后复一笑,亦想不到之文也。听宝卿之评,亦千古定论。"

脂评把这一段写林黛玉的戏话和刘姥姥笑剧联系起来,当然是由于薛宝钗的比较性点评。在薛宝钗看来,笑话之所以说得好,关键并不在当场效果,而在经不经得起事后回味。或者说,那种说笑话而当场出效果的浓烈气氛,让人失态的场面,虽然也好笑,但毕竟是不雅的,只有在看似不经意的淡淡表述中,才能把那种味道渗透到思想的深处。

宝钗这么说,是否是对自己前一天失态的反省?是要把自己从那一群体的狂欢中区分出来?不管怎么说,有此比较、反思,才暗示了宝钗的可能的内心冲突以及她的为人特色。

更值得注意的是，当天大家在饭桌前上演了笑翻的一幕后，刘姥姥和作为笑剧的观众吃饭完毕，有这样一段文字颇耐人寻味：

一时吃毕，贾母等都往探春卧室中去说闲话。这里收拾过残桌，又放了一桌。刘姥姥看着李纨与凤姐儿对坐着吃饭，叹道："别的罢了，我只爱你们家这行事！怪道说'礼出大家'。"凤姐儿忙笑道："你可别多心，才刚不过大家取笑儿。"一言未了，鸳鸯也进来笑道："姥姥别恼，我给你老人家赔个不是儿。"刘姥姥笑道："姑娘说那里话？咱们哄着老太太开个心儿，可有什么恼的！你先嘱咐我，我就明白了，不过大家取个笑儿。我要心里恼，也就不说了。"鸳鸯便骂人："为什么不倒茶给姥姥吃！"刘姥姥忙道："刚才那个嫂子倒了茶来，我吃过了。姑娘也该用饭了。"凤姐儿便拉鸳鸯："你坐下和我们吃了罢，省的回来又闹。"鸳鸯便坐下了。婆子们添上碗箸来，三人吃毕。

按照大家族的礼仪，媳妇们是不跟贾母以及公子小姐还有客人一起进餐的，而本来，鸳鸯等丫鬟吃饭更要靠后。这样井然有序的礼仪，让刘姥姥感叹"礼出大家"。

这当然可以理解为是她因所见这一幕的即兴发挥。但此前众人放肆笑闹的一幕，恰恰是大家在对礼仪的极大破坏中享受乐趣的，而刘姥姥既没有享受到这种乐趣，还成了这种礼仪破坏的牺牲品，"无理取闹"中的丑角。所以，由她来感叹"礼出大家"，我们就很难判断，她是就事论事的真诚感叹，还是可以作有反讽理解的弦外之音？即借机发挥，把她此前隐忍下的不满发泄了出来。但也许是我们自己想多了。

不过，王熙凤和鸳鸯敏感而又过度的反应，可能暗示她们多少有些在意刘姥姥是话中有话。但刘姥姥的真实想法呢？虽然她立马声明自己不会计较，但这种声明究竟是真诚的，还是在王熙凤和鸳鸯表示了歉意后的客套？这有待我们联系前后文去深入讨论，才可能做出大致合理的判断。

不管怎么说，刘姥姥"礼出大家"这一感叹，对这场王熙凤、鸳鸯主导下的笑闹具有一种总结意味，是值得我们充分予以重视的。而其似乎是闲聊中可能蕴含的旁敲侧击的效果，又把一种心灵的而不是外部动作的冲突本质凸显出来了。

正因为《红楼梦》的情节冲突本质上是心灵的而非外部动作的戏剧化冲突，其情节的结构方式主要是采用网状而非线状的方式，以生活中弥漫开的细微动作和闲言碎语来互相勾连、互相影射，从而把人的心灵冲突烘托出来。这也使得网状结构成了勾连这类冲突方式的必然形式。

当然，外部的、面对面的激烈冲突虽不多，但也有，在前八十回，最著名的大概就是宝玉挨打和抄检大观园。这样的冲突是以逻辑递进的紧张方式来展开的；而更普遍的则以空间并列的方式散漫呈现。用聂绀弩形容宝钗的一句话来说，两方面冲突的意义往往是在不动声色中完成的，就像"只需把她（宝钗）朝那儿一摆，冲突就自然产生了"。

（2）宝玉挨打的三级递进

按照通常的理解，冲突是力量大致相等两方的作用与反作用，戏剧性也由此产生。但是在古代社会中，作为传统价值维护者的贾政和不肖者的贾宝玉两人之间的力量是无法相提并论的。这不但因为前者观念正统、后者非正统，而且父与子的身份就表明了前者具有绝对的优势，后者除了老老实实等着挨打外，并无反作用的力量和形成的戏剧性可言。

于是，要使冲突充分展开，要有大致相等的反作用力，就要把冲突的另一方予以替换。这样，本来是贾政和宝玉的冲突，依次变换成贾政与门客等身边人、与王夫人、与贾母的三重冲突。而这三重冲突，有了层次的逐步递进，并最后发生了力量的戏剧性变化。

第一重是贾政与门客等身边人的冲突。因为冲突是在贾政的书房发生的，而门客就在旁边，所以他们出面来劝阻，构成代替宝玉的冲突另一方，最为直接和自然。但他们毕竟不是贾政的上司，所以劝不住，只得偷偷往里通报，才将王夫人等一一引出。

第二重是贾政与王夫人的冲突。王夫人和贾母等应该都得到了消息，但毕竟王夫人要比贾母年轻，所以能够先到场。也因为走得太急，连通报旁人都来不及，这样王夫人的出场有一夹叙就不可或缺。所谓"不顾有人没人，忙忙赶往书房中来，慌的众门客小厮等避之不及"，写出了当时的场面，渲染了紧张的气氛，也使我们理解在当时社会中男性客人须回避主家女眷的习惯。而贾政见到王夫人，反而打得更厉害，以发泄对她娇惯儿子的不满。古代社会丈夫对妻子有权威，所以王夫人同样劝不住，她只能表示要跟宝玉一块去死，于是就"趴在宝玉身上大哭起来"。事情到了这一步，贾政无法再下手，"不觉长叹一声，向椅上坐了，泪如雨下"。这样从门客劝阻的弱势，转为王夫人劝阻的相持。

第三重是贾政与贾母的冲突。贾母急急赶来，虽然最终会到宝玉身边，但其上场的过程，在空间上有分隔，有层次。王夫人上场，因为走得急，所以通报声未及传到，人已进来。贾母毕竟年纪大，下人的通报快过了贾母的步履。

关键是，贾母进入现场前，必须有通报声以及贾母的声音从窗户传入，贾政赶紧迎出去，这才是合乎礼仪的。不能等到贾母进入书房，与贾政在同一空间，才有人通报。也因为有通报，贾政就必须迎出去，这样从叙述策略上说，贾政和贾母所在的空间，暂时能与宝玉挨打的空间分隔出来。

因为宝玉一时未在贾母视线中，贾母才能够一方面那么情绪激动，另一方面又能在尚不失清醒中严厉谴责贾政，使其言论句句击中要害，不至于一见到宝玉血肉模糊的身子，因为太感情用事，该说的话也没法说完整。

空间的分隔，把贾母心理世界的理智部分暂时与感情部分稍稍隔开。而对贾政来说，他的出迎既可说表现了孝道，也未始不可视为一种挡驾。之前他不许下人往里通报，是怕贾母等来阻拦；及至他痛打宝玉之后，是怕贾母看了心疼。所以他急急走到书房外来迎接贾母，也是希望书房的那一道墙，能把贾母的视线乃至贾母本人挡在外面。

这样，表面的迎接与隐含的挡驾心理，也在他背后的那道墙上得到了形象化的表征。而贾母一出场，让贾政完全处在劣势，这样，冲突就发生了根本性逆转。

对于这一场惊动荣国府上下的冲突，我们把贾政视为一方，而把替换宝玉出场的劝阻者视为另一方，那么依次出场的三波人，从实际效果看，可以套用《论持久战》的术语，是从"防御"到"相持"再到"反攻"，并完成了从守势退让到占据上风的逆转。因为逆转最具有戏剧性，所以第三波贾母的出场，才成为这一冲突描写的重心所在。

从宝玉挨打本身看，我们可以分出三层递进阶段，但从更长远看，这也和后来的查抄大观园发生了勾连。也就是说，当贾政痛打宝玉后，王夫人却采用了迂回的方式，清除了宝玉身边的似乎是把宝玉调教坏的"狐狸精"如晴雯等人。

这样，表面上贾政与王夫人有冲突，但最终的目的，都指向了核心人物贾宝玉，并形成了从中心人物向周边人物的拓展，用一个不太恰当的比喻，是从对"君"的责罚到"清君侧"的递进。这样的逻辑发展，使宝玉挨打成为小说中的枢纽性事件，围绕着这少数的枢纽事件，则是大量的细节、场面的空间并列。

（3）黛玉葬花和宝钗扑蝶的并列对比

黛玉葬花、宝钗扑蝶，可能是涉及《红楼梦》两位主要女性的最具标志性的事件。

小说不止一次写到黛玉的葬花行为。第二十三回，黛玉劝阻贾宝玉把落花丢到水里的举动，认为落花随水流到有人家的地方，会弄脏弄臭，所以还是埋到花冢里比较干净。不过，也只是在第二十七回，当黛玉葬花的行为与她那回肠荡气的《葬花词》一起吟出时，才大大强化了黛玉葬花作为标志性事件的感人力量，从而成为情节发展过程中的一个情感高潮。

不过，小说把宝钗扑蝶和黛玉葬花置于同一回中，其相似中蕴含的对比也是常常引发各种讨论的。就相似性来说，无论是宝钗还是黛玉，两人都是因自然现象而感发，即便阳光下飞舞的彩蝶不同于风中飘零的花瓣，但就人对自然现象的敏感而不是麻木来说，都是人的生命力饱满的体现，是人的生机在勃发。

问题是，宝钗扑蝶的行为，并没有一路向前，把她带入自然界而流连忘返，倒是因为跟着彩蝶来到滴翠亭而稍事休息时，无意中听到了本不该听到的对话，本来与大自然协调的少女天真之心，突然就消散了。

宝钗隔了闭着的窗户，听到里面有两个丫鬟小红和坠儿在说着要回赠贾芸小礼物的事，又说要把窗户打开，可以观察到外面的动静。而此时的宝钗已经来不及转身，又怕她们看到自己，恼她听了不该听的话，于是干脆加重脚步，呼着林黛玉的外号，说："我看你往哪里藏。"正好她们推开窗来，吓了一跳，而宝钗好像不知道她们在此似的，笑着问她们是否看见了黛玉，说是看黛玉往这里藏了。结果把小红她们吓得不行，都以为自己的悄悄话被林黛玉听去了。

由于这段描写富有戏剧性，宝钗从自然之心突然转变为机心，很能够见出她明哲保身、急中生智的性格，所以

黛玉葬花
选自清《红楼梦赋图册》。

宝钗扑蝶
选自清《红楼梦赋图册》。

经常为红学家所引录。有些"拥黛贬钗"的红学家也拿这个例子来说明薛宝钗为人不厚道，甚至指责她是故意加害林黛玉。

不过平心而论，薛宝钗的最大目的就是自保，以免尴尬。至于拉黛玉来背锅，是因为她本来就是去找黛玉的，所以立马想到黛玉的名字而不是别人，是最顺理成章的。

与宝钗从自然生趣转变到对周边社会环境的警觉构成对比的是，黛玉沉浸在对《葬花词》的吟诵中，根本就没有察觉旁边有宝玉在默默观察着、倾听着。

于是，我们看到，一个是面对阳光和彩蝶，一个是面对落花和流水；一个是恣意地欢娱，一个是尽情地悲伤；一个是注意自然，也警惕周围的环境，一个是专注于自然、专注于自我；一个是欢乐中不忘做人的计谋，一个是从情到情：就此鲜明凸显了两人的风格。

不过，除开置于同一回的场面对比引起大家关注外，《红楼梦》另有一种遥相对比的场面，似乎容易被大家忽视。这里稍作提示，比如刘姥姥喝醉酒，作为一个乡野之刘姥姥醉卧，选自《增评补像全图金玉缘》。

梦不离柳影花阴

史湘云醉眠，选自《新评绣像红楼梦全传》。"梦不离柳影花阴"，言其醉眠芍药裀的潇洒姿态。

湘云醉眠芍药裀
选自清《红楼梦赋图册》。

人，其醉卧在野外是最自然，也是与环境最融洽的，但恰恰睡在怡红院的贾宝玉床上，让袭人吃惊不小。而大小姐史湘云喝酒后，又醉卧在芍药花下青石板上，其构成的美丽图景，跟刘姥姥形成了有趣也大有深意的对照。

再有，贾宝玉偷偷溜出贾府，既去过袭人家，也去过晴雯家。去袭人家，完全是被当作客人招待的，而且袭人也正被宝玉宠爱，她本人通过对宝玉贴心伺候，在家人面前显摆出她和宝玉特别亲密的关系。而宝玉去晴雯家，晴雯已经彻底落魄，宝玉在她那里义务充当伺候的下人，为病床上的晴雯端茶送水。在这过程中，晴雯和宝玉互换了贴身的衣服，以表达对彼此的情意，不像袭人，完全是把两人的亲密关系显摆给别人看。将宝玉进入袭人和晴雯家的两个场面相对照，可以给读者许多感受，也可以引发许多思考。

（4）共读《西厢》和独赏"艳曲"的综合

把冲突分为递进式和并列式两种，其实是一种大致的区分，并没有绝对界限，主要是为了便于理解的一种权宜之计，就像用理论工具来加以文学分析，最后都要回到具体作品来进行综合理解。对于递进式和并列式的冲突区分，也是如此。这里举大家熟悉的第二十三回来说明。

第二十三回在《红楼梦》的情节结构上有着重要的意义，也在宝、黛情感发展史上有着特殊的位置。正是在这一回，在元妃懿旨下，省亲后封闭的别墅被重新启用，贾宝玉和众姐妹等入住，开始了他们在大观园中相对自由的生活，而久埋在宝玉和黛玉内心深处带有爱情意味的因子被悄悄激活，他们彼此的情感进到新阶段。激活这种因子的，就是他们在春天的大观园里，在花下共读《西厢》和黛玉听到《牡丹亭》艳曲。

这一回的回目是，"《西厢记》妙词通戏语 《牡丹亭》艳曲警芳心"。我们当然可以说，前后两段情节带有一种并列对比性的关系，因为前面是宝玉和黛玉一起在有意细细欣赏《西厢记》，后面是黛玉和宝玉分开后，独自回去的路上，偶然地、断断续续听到墙外十二个唱戏的女孩子在练唱《牡丹亭》曲子。

前面更多地是在静态阅读中，呈现出自然和内心、书里和书外和谐一片的诗意感，并在加入宝玉戏语、引发两人小小冲突后又回归和解；后面则是黛玉在动态听曲中，引发了她自我联想后的内心冲突，以及得不到舒缓的深深焦虑，直到被四处找宝钗的香菱的到来突然打断。

小说写道，当宝玉读到戏文中"落红成阵"的句子时，这些句子飘过他的眼睛，也同样飘过他的心田，风恰好把他头顶上桃树的花瓣吹落下来，落得他满身都是。而林黛玉在读这些诗句时，感觉到"余香满口"，如同咀嚼花香一样，咀嚼着戏文句子的诗意。

营造出这种人心与自然的和谐感，其实也是为了暗示一种同样出于自然之情的爱意的萌发和跃动。于是，才让贾宝玉紧接着用戏语的方式，把自己和黛玉想象成戏中人张生和莺莺的角色，对黛玉说出"我就是个'多愁多病的身'，你就是那'倾国倾城的貌'"。不料黛玉又羞又怒，认为宝玉是在说混账话来"欺负"她，要到贾政那边去告状。而宝玉拦着她反复讨饶后，黛玉居然噗嗤一声笑了，说他原来也是一个"银样镴枪头"。

这里，林黛玉也用类比张生来嘲笑贾宝玉，似乎忘记了，这样的比附，其实有可能重新让自己回到莺莺的身份。不过，当宝玉开玩笑说自己也要向贾政告状时，黛玉用这样的话作了归结："你说你会过目成诵，难道我就不会一目十行么？"

耐人寻味的是，宝玉用《西厢记》的张生和莺莺两人来打趣，虽是玩笑，未尝没有一点挑逗、撩拨黛玉的意味。对于宝玉和黛玉两人来说，他们虽然都对对方动心，但确实没有合适的言词来表达这种情感。因为这样的情感表达，在传统观念中，是被作为"下流痴病"来认定的。所以黛玉说这是一种欺负，也多少说明了他们在表达或者接受情感时的一种困难。而她后来又不把这种所谓的欺负当真，更说明她的拒斥中，又可以有接受、安放的余地。

不过，她最终是以记忆力好来解释这种打趣，其实也就掩饰或者说回避了对情感实质的触及。

接下来，黛玉独自回潇湘馆的路上，当《牡丹亭》

的艳曲断断续续进入她的耳朵时，她开始是把"良辰美景奈何天，赏心乐事谁家院"等作为"好文章"来感叹的，而当听到"只为你如花美眷，似水流年""你在幽闺自怜"等唱词时，内心才被深深击中。本来是作为听曲的旁观者的立场被悄悄挪移，那种由被动听曲而引发的主动联想，那种情不自禁的代入，使她自己终于成了一个情感旋涡的中心，让自己"心痛神驰，眼中落泪""不得开交"。

有人认为，共读《西厢》是情愫的萌动，是领略爱的真谛，而独赏《牡丹亭》曲是体悟青春生命可能的流逝。如果这是生命两种状态的并列体验的话，那么，其前后的递进也是明显的。也许，恰恰是在黛玉体悟爱情真谛的同时，又不得不封闭自己的内心，才使得对青春生命流逝的感悟，更有了悲叹的意味。或者反过来说，正因为感叹生命的可能流逝，所以对爱情的被压抑的痛苦，就感受得更为深沉。所以在这一回，写黛玉联想到最后，还是回扣了《西厢记》的曲词，把外在的言词和内在的情感发展统一了起来。

3. 心灵的搏动在环境中延伸

贾宝玉住处门口有一面大的西洋穿衣镜，反照出一个更有景深度的世界。贾宝玉甚至还在梦中通过这个镜子世界，走入江南的甄家。这面镜子既写实，又象征，提示了小说呈现的一个更复杂、更幽深的环境世界。

（1）贾府及大观园：现实与理想的二重天地

红楼人物的主要活动环境有两个：一是贾府，一是处在贾府内部，与贾府和外面世界相对独立的大观园。

大观园因元妃省亲而建造，后来就由贾宝玉和众姐妹入住，日常起居都在其中，成了少有人拘管的自由天地。清代的二知道人曾经对大观园有过一个判断，说是：

雪芹所记大观园，恍然一五柳先生所记之桃花源也。其中林壑田池，于荣府中别一天地，自宝玉率群钗来此，怡然自乐，直欲与外人间隔矣。此中人呓语云：除却怡红公子，雅不愿有人来问津也。

　　他的话，被俞平伯所引用。后来，香港的宋淇写《论大观园》，将大观园作为清净女儿世界的特点详加论述。再后来，余英时在《红楼梦的两个世界》一文中，把大观园的理想性与大观园外面世界的现实性加以对照，并强调大观园的理想性是太虚幻境的人间投影，而这一理想世界最终被大观园以外的肮脏世界所吞没，其中对贾府的环境似乎作了比较深入的讨论，也引起了学界的较大反响。因为余英时在意的是小说的虚构性，所以他对大观园的理想特征反复强调。

　　其实，1950年代舒芜《〈红楼梦〉故事环境的安排》一文，恰恰是从现实逻辑的制约，梳理分析了大观园作为一个非常美丽、充满恋爱情调的环境出现的可能。他认为，通过贾母和元妃等专制权力的特殊利用，暂时制衡了男女大防的礼教，使得这个女儿国得以暂时存在，也使女儿化的贾宝玉能够与女儿们较为自由地生活在一起。但是，滋生宝黛恋情的叛逆性毕竟是跟专制社会的本质相抵触的，所以，来自同一种力量的家长又把大观园扫荡了。

　　不管是余英时侧重于理想性也好，舒芜侧重于现实逻辑的制约也好，这个相对独立的美好女儿国在来自贾府家长的专制力量下很快没落，这样的分析结论是共同的。也正是从整体看，贾府中有大观园，大观园既相对独立又依存于贾府，这种理想和现实的双重性环境在小说的情节展开中产生的复杂力量，才使得通常意义的"侯门一入深似海"有了别样的幽深意味。

　　同时需要特别指出的是，贾宝玉之所以能够进大观园居住，不单单是因为舒芜所谓的女儿化习惯，尤其是还跟小说为这一空间构想的时间逻辑有相当关系。元妃省亲的时间，是贾宝玉十三岁时，而且这一年在小说几乎延续了三十六回，即从第十八回到第五十三回，而下一年又延续了十八回，即从第五十三回到第七十回。可以说，贾宝玉待在大观园的两三年时间，几乎占去了前八十回的大部分内容。正是因为时间相对静止，贾宝玉似乎不能长大，他可以被作为孩子、他和黛玉的恋情可以被作为儿戏来对待，这成了小说叙事的一个重要逻辑。这也是讨论人物时需要注意的作者写实和象征手法并用的特点。

这样，不是从时间的发展，而是从空间以及空间隐喻的心灵世界的拓展方面，才营造出《红楼梦》环境的特殊性。这种特殊性，也渗透进环境构成的基本要素中，渗透进大观园的内外。

（2）墙与窗：封闭、分割与开放、交流的整体协调

人所居住的物质环境，需要墙的封闭、分割和门窗的开放、交流，形成功能上的整体协调。《红楼梦》的叙事在环境描写中经营甚深，单就其写墙和窗的作用来说，也可以使我们一窥作者独到的艺术匠心。

第十二回"王熙凤毒设相思局"一段，贾瑞在会芳园看到了王熙凤并挑逗她，王熙凤并没有正言拒绝，而是装模作样邀他晚间到府内的西边穿堂相会。当贾瑞如约而至，王熙凤却安排小厮把两边门关死，结果让贾瑞在夹墙内冻了一晚上。这就是墙的力量。

这让我们想到，对于封闭在墙内生活的古代女子而

言，墙的意义是不同寻常的。中国古代女性轻易不会走到外面世界同人交往，她们生活的空间就是在墙内。

《红楼梦》中有一个相似的被调戏之后采取报复的例子是柳湘莲：柳湘莲被有男风之好的薛蟠调戏后假意约他到郊外，薛蟠前往，结果被柳湘莲狠狠地揍了一顿。

而王熙凤的报复方式是把贾瑞约进来，是处于室内的报复，是一种女主内的方式，所以墙在这里就成了王熙凤报复他人的有力工具。柳湘莲需要的是一处开阔地，而王熙凤需要的则是一条被墙封闭得严严实实的走廊。

在这里，人物的报复方式和他们生活的世界是紧密相连的。男子走天下，所以男子会到广阔天地施展他们的拳脚；而女子足不出户，基本待在室内，需要借助封闭的墙获得力量的支撑。

明代白话小说写金玉奴棒打薄情郎也符合这一点：金玉奴把负心汉莫稽诱到屋子里吹灭灯火后暴打一顿。同样，《红楼梦》后来写贾琏偷娶尤二姐，王熙凤也是把她骗进贾府，封闭在墙内施加迫害。这是墙的力量，也是女性依靠的力量。

此外，《红楼梦》作为一部反映日常生活的伟大小说，展现人物冲突的心灵化也是其一大特色，而墙和窗在构建心灵化的戏剧冲突中发挥了重要作用。

在"绣鸳鸯梦兆绛芸轩"这一回中，贾宝玉挨打之后，袭人在王夫人面前进谗言，王夫人对袭人另眼相看，于是准备给她加月俸，让她的待遇同姨娘一样，而且所加的钱是从自己每月的例钱中匀出的。

薛宝钗知道这个消息马上到袭人那里去报喜，正碰上袭人坐在宝玉床边给他绣肚兜，低头

尤二姐，选自《新评绣像红楼梦全传》。贾琏背着王熙凤偷娶尤二姐，王熙凤借刀杀人，尤二姐吞金而亡。"游丝牵惹桃花片"，出自《西厢记》，本形容张生对崔莺莺美貌的惊艳。这里形容尤二姐因貌美而惹情思，却归宿无着。

时间长，脖子发酸，一看宝钗进来了，便说："今儿做的工夫大了，脖子低的怪酸的。""好姑娘，你略坐一坐，我出去走走就来。"所以宝钗还来不及向袭人报喜，袭人就已经出去了。

宝钗这个人是非常喜欢女红的，因为她觉得做针线活是女子的本分，尽管她有时候也同别人谈诗歌，但谈着谈着，总是会回到女红上来。看到袭人走开，很自然地，她就坐在贾宝玉床边，替袭人绣起肚兜上的鸳鸯来了。

《红楼梦》对宝钗这种行为的解释是看到针线活太可爱，以至于似乎忘记了男女大防的礼仪问题。

但后来清代有评点家还是说宝钗诸事谨慎，唯此一刻实在是不谨慎。为什么这么说？因为袭人可以做这事，她本来就是宝玉的大丫鬟，近似侍妾的身份。而宝钗作为一个小姐，在没有第三人的情况下，坐到宝玉的床头帮他绣肚兜上的鸳鸯，这种亲近之态本应是夫妻之间才能有的。

恰在此时，林黛玉和史湘云也来找袭人道喜，人没进屋，黛玉先是在墙外透过窗户看到了屋内的情景，手捂着嘴笑,还连忙招手叫湘云来围观。

在这里,正是得益于一道墙和墙上的一扇窗户,才将室内室外两个空间既联系又分割开来。宝钗与宝玉在室内构成的是一幅很有夫妻感的画面,但在黛玉看来则是一种非礼,并邀湘云来围观嘲笑。而湘云则因为念及宝钗的好,把黛玉拉走了,令黛玉不禁冷笑一声。

如此,室外的空间便与室内的空间发生了交流,但这种交流又是单向的,也就是说,宝钗关于墙外黛玉对自己的嘲笑和黛玉与湘云间的小冲突并不知情。

室外的冲突以湘云拉着黛玉离开而告一段落,但之后,又发生了新的冲突。宝玉突然开口说了一句梦话:"和尚道士的话如何信得?什么是金玉姻缘,我偏说是木石姻缘!"一旁绣鸳鸯的宝钗听到"不觉怔了"。

宝钗身边的人一直在明里暗里言说金玉姻缘,早在第八回宝钗的丫鬟莺儿就已提到一个癞头和尚曾说宝钗项上的金锁一定要玉来相配。宝钗的内心对金玉姻缘的说法也是认同的,但按礼俗她在行为上又不能主动去追求这份情

小名兒真不枉喚做鶯鶯

莺儿，选自《新评绣像红楼梦全传》。薛宝钗的大丫鬟。"小名儿真不枉唤做莺莺"，出自《西厢记》，本形容崔莺莺聪敏。这里亦赞美莺儿之聪慧。"比通灵金莺微露意""黄金莺巧结梅花络"等回目都是对其心灵手巧的赞美。

感。她怀着对金玉姻缘的认同，好像预先进入妻子角色一般，在宝玉的床头为他绣起肚兜上的鸳鸯。而宝玉恰恰在这个时候喊梦话以表达自己对金玉姻缘的拒绝。这就是"绣鸳鸯梦兆绛芸轩"。

这里妙就妙在宝玉是在梦中喊那句话的，像是隔空喊话，并没有给宝钗以追问的机会。宝钗不可能推醒宝玉问他为什么这么说，是在对谁说。

所以，在这一回中所有的冲突都是单向的、没有彼此交流的，这种没有反馈的冲突只能统统汇入人的内心世界。

但如果单单只有这一句梦话，冲突还是相对简单的，只是由于之前有黛玉和湘云在窗口的一番张望，有黛玉对此情景的嘲笑，才使得床头发生的这幕冲突，向围观和被围观者打开了一扇通往内心冲突的幽深世界的窗户。

（3）海棠与翠竹：人际关系的阻隔与自然景物的融洽

大观园里，贾宝玉住怡红院，林黛玉住潇湘馆。

潇湘馆有翠竹，怡红院有女儿棠，二者构成了各自院落的植物特色，也是两处住所得名的缘由。在这里，因为植物与人有着特殊关系，读者对环境的理解复杂化了。

不过，植物与人的关系也有所差异。在潇湘馆中，竹子院落与主人公林黛玉是互为指涉的，林黛玉能从翠竹直观到自身的影子；而在怡红院中，女儿棠与主人公并不能互为指涉，或者说女儿棠只是一个桥梁，把贾宝玉的目光引向大观园中的女性形象。

所以，女儿棠必然外在于贾宝玉，对峙于贾宝玉，诱惑着贾宝玉把自己抛向一个非自我的、女性的世界。而林黛玉对翠竹的喜爱，在一定程度上就是对自我的拥抱。

檀口點櫻桃

小红，选自《新评绣
像红楼梦全传》。由
怡红院三等丫鬟变为
凤姐大丫鬟。"檀口
点樱桃"，言其模样
俏丽，口齿爽利。

在宝玉入住后的日常生活中，女儿棠不止一次对他产生了影响。如第二十四回，因贾宝玉要喝茶而身边恰好没有侍候的人，平时没留意过的小丫头小红为他倒了茶。宝玉见她长得十分甜净俏丽，就留心起她来。但在其他丫头前不便明说，以免引起妒忌，况且也不知小红的性情，所以他第二天一早起来，尚未梳洗，就来到院子，装作看花来寻觅小红。一抬头，见游廊栏杆旁有一个女子坐着，因被海棠花遮挡了，看不真切到底是谁。前进一步，仔细一看，才看出正是前一天为他倒茶的小红倚着栏杆出神。宝玉待要近前，又不好意思，正好屋内叫他梳洗，他也就离开了。

　　在这一节叙述中，海棠花所遮挡的小红，不但营造出绝美的意境，而且，也对牵挂小红的宝玉起了一种心理阻隔作用，使他一时无法辨认，对海棠花后面的女子有了一种悬而不决的思念。即便只是一种瞬间的阻隔，但生活中的许多心理暗流，恰恰是这样的一种瞬息万变，在不知不觉中有如此的跌宕起伏。

　　海棠花阻挡的意义还不止于此。据前一回交代，因为贾芸进大观园时，曾与小红无意中碰面，两人也通过间接的方式，知道了对方的名字，并产生了种种的牵挂，而且，也就是小红为宝玉倒茶的这天晚上，小红梦见了贾芸，所以才会在第二天早起后，无心干活，坐在栏杆边上出神。我们据此不难猜想，当宝玉留心于她来寻觅她时，应该是小红在想着贾芸的时候。

　　这样，海棠花遮挡住小红，使宝玉一时无法看清楚小红的面影，更是一种心理的表征，它不但昭示了宝玉与小红的一段空间距离，也把他与小红的心理距离形象化、具体化了。宝玉留意于小红而产生的一种心理的不踏实感，所谓"不知他（她）是何性情"正说明了这一点。

但我们不应该忘记，海棠花一开始出现在众人视野中，曾被作为女儿花得到讨论，其对大观园中女子的隐喻性是显而易见的。

在第七十七回，当晴雯被逐出大观园时，贾宝玉感叹说："这阶下好好的一株海棠花竟无故死了半边，我就知道有坏事，果然应在他身上。"而袭人则说晴雯再好也越不过她的秩序："就是这海棠花，也该先来比我，也还轮不到比他。"

那么，当贾宝玉寻觅小红而小红被海棠花遮挡时，不是同样可以理解为被其他丫鬟等遮挡吗？这不也是贾宝玉首先忌讳的吗？——"怕袭人等多心。"

由海棠花构成的空间阻隔，不但是心理的，也应该被认为是社会学意义上的一种人际关系的阻隔。也许有人认为，海棠花只是一种植物，把它跟女子联系起来只是一种人为的作用，其符号化的特点似乎不应实在化。

但这里的问题是，何以海棠花会成为一种空间的阻隔呢？如果不是贾宝玉顾忌袭人她们，他本可以直接叫唤小

虚名儿误赚我

晴雯，选自《新评绣像
红楼梦全传》。贾宝玉的
丫鬟知己。"虚名儿误赚
我"，言其被指狐狸精勾
引宝玉，实则枉担虚名。

只待觅别人破绽

袭人，选自《新评绣像红楼梦全
传》。贾宝玉的大丫鬟。"只待觅别
人破绽"，言其心思缜密，细致周
全，被讥为"耳报神"。

红的，而不用对自己寻觅小红的行为有所掩饰了。而只有当他自己无法坦然面对，且顾忌周围其他人的反应时，这种寻觅才变成了一种困难，且在空间的阻隔中具体化了，哪怕这种阻隔只起到了瞬间的作用。

就林黛玉所在的潇湘馆来说，居住者虽然每时每刻都可以用自己的各种感官来感受她所处的潇湘馆的环境，但在日常生活中，并不会一直这么有意识地去看、去听，甚至都不会进入其视野。而当她有意把自己的居住地重新打量一番，其意义似乎也更耐人寻味。

在第三十五回，写宝玉挨打后，林黛玉站在潇湘馆门口，看远处怡红院，有贾母等一批一批的人进去探望，她既为宝玉伤心，也感叹自己的孤苦伶仃，在这样的伤感中，返回自己的院落。作者写道：

一进院门，只见满地下竹影参差，苔痕浓淡，不觉又想起《西厢记》中所云"幽僻处可有人行，点苍苔白露泠泠"二句来，因暗暗的叹道："双文，双文，诚为命薄人矣。然你虽命薄，尚有嫜母弱弟，今日林黛玉之命薄，一并连媚母弱弟俱无。古人云'佳人命薄'，然我又非佳人，何命薄胜于双文哉！"……于是进了屋子，在月洞窗内坐了。吃毕药，只见窗外竹影映入纱来，满屋内阴阴翠润，几簟生凉。黛玉无可释闷，便隔着纱窗调逗鹦哥作戏，又将素日所喜的诗词也教与他念。

我们看到，当林黛玉以一个居住地的主人身份来真切感受潇湘馆、感受这潇湘馆的竹子时，却不是直接写竹子，而仅仅是写竹子投下的影子，是从上投到地面的竹影，是窗外投向室内的竹影。当这样的竹影把林黛玉笼罩起来时，我们突然发现，那只鹦哥，在念着林黛玉的诗词时，似乎也成了林黛玉的影子。

林黛玉也就是在这生活的直观中，感受到了她与周围景物的彻底融洽。这是一种精神在空间里的真正寄托，并因此反衬出亲人群体构成的空间所造成的失落感，使得她自己对非人的景物空间的依赖感变得更加强烈。只有在林黛玉把环境认同为她自己的一种心灵空间的延伸时，空间的物质意义上对人而言的疏离感才彻底消失了。她能在一

黛玉戏鹦哥
选自清改琦绘《红楼梦图咏》。

阵伤心过后，那么安逸地与鹦哥作戏，教鹦哥念诗，这倒不是她的无聊，而是她的安心，把心安顿在已经与她一体化的空间里。

4. 直面人生，路在何方

（1）五个书名的多种旨意

《红楼梦》第一回，就提到小说有多个书名。对这多个书名，手抄的甲戌本前面有一个凡例，第一条就是从多个书名来说明小说的旨意。

《红楼梦》旨意。是书题名极多，《红楼梦》是总其全部之名也。又曰《风月宝鉴》，是戒妄动风月之情。又曰《石头记》，是自譬石头所记之事也。此三名皆书中曾已点睛矣。如宝玉作梦，梦中有曲名曰《红楼梦》十二支，此则《红楼梦》之点睛。又如贾瑞病，跛道人持一镜来，上面即錾"风月宝鉴"四字，此则《风月宝鉴》之点睛。又如道人亲眼见石上大书一篇故事，则系石头所记之往来，此则《石头记》之点睛处。然此书又名曰《金陵十二钗》，审其名则必系金陵十二女子也。然通部细搜检去，上中下女子岂止十二人哉？若云其中自有十二个，则又未尝指明白系某某，及至"红楼梦"一回中亦曾翻出金陵十二钗之簿籍，又有十二支曲可考。

除开凡例举出的四个书名，还有小说中空空道人题名的《情僧录》也应该算进去。那么，我们怎么来看待这些书名，包括甲戌本凡例给出的解释？

我认为这是从两方面提示了作者所要表达的小说思想意义。一方面，它说明作者成书过程的思想发展和深化，这种发展和深化，是跟作者告诉读者的增删五次联系在一起的。

具体说，用《金陵十二钗》这样的书名，显示了作者要为闺阁昭传，要书写出女性的人生命运。而《风月宝鉴》和《情僧录》两个书名，则显示了作者或者试图把与女性相关的风月故事放在传统道德框架中加以评判，或者用宗教哲学的立场来对人予以启悟和提升。

但作者用更具涵盖性的《石头记》和《红楼梦》两个书名，作为小说最后阶段的选择，我觉得还是合理的。至于对这两个书名如何评价，倒是见仁见智的。

虽然相对而言，《石头记》的书名更朴实，而《红楼梦》更华丽，但这只是表象，其本质的张力，是相通的。石头本是没有知识、没有情感的"蠢物"，"石头记"具有双关含义，既可以理解为有关石头的故事记录，是把石头看作对象，也可以把石头作为主体，其具有记录的行为。这样"石头"与"记"就形成了张力。

而《红楼梦》更是如此，不但可以理解为在"红楼"中的梦，也可以理解为关于"红楼"的梦。特别是，"红楼"含义相当复杂，富贵人家为"红楼"，女子居所为"红楼"，甚至佛教寺庙也可以称为"红楼"，这样，与"梦"结合起来，从女性命运、家族盛衰、宗教启悟等多个方面，都有了思想的指向性。这也在一定程度上启发了后来学者从多主题角度来讨论小说的思想性，但根本的，还是要从小说具体人物和情节而不是书名来讨论。

（2）直面人生的悲剧：摆脱瞒和骗

《红楼梦》在人物的多样性和情节性的独特方面，都能在整体意义上，很好地体现出最为深刻的思想价值。

关于《红楼梦》的思想价值，曾经讨论得相当广泛，而鲁迅早年的观点至今依然有其价值，这里引述过来稍作阐发。

鲁迅在《中国小说的历史的变迁》中论述道：

至于说到《红楼梦》的价值，可是在中国底小说中实在是不可多得的。其要点在敢于如实描写，并无讳饰，和从前的小说叙好人完全是好，坏人完全是坏的，大不相同，所以其中所叙的人物，都是真的人物。总之自有《红楼梦》出来以后，传统的思想和写法都打破了。——它那文章的旖旎和缠绵，倒是还在其次的事。

曹雪芹坚持了鲁迅所说的"如实描写，并无讳饰"，使得读者透过那些平实的描写，获得了深刻的价值领悟。

如第十六回，写太监突然到贾府宣旨让贾政入朝，不但把贾政吓得不轻，连在家的贾母等也惶惶不可终日，不停派人来回飞报消息。直到最后得知是元春被封为贵妃，悬着的一颗心才算落了地。此番描写，虽不能说作者有意在讽刺专制君主的淫威，但客观上暴露出了专制君主的可怕。以前何其芳批点《红楼梦》时，也特意指出了这一点。

另外，第十八回写元妃省亲，本来是喜庆的场面，但在亲人见面的家常对话中，自始至终的基调，却是在渲染亲人间无法轻易见面的凄凉和悲哀。专制社会中，贵为皇妃却人身不得自由，这样的残酷事实，又得到了深刻的揭示。

与鲁迅认为《红楼梦》把"传统的思想和写法都打破了"相关联的是，鲁迅在另外一篇文章《论睁了眼看》当中认为，以往的文学作品都是写人物的大团圆，只有《红楼梦》让读者看清了不幸的现实；以往的文学都是瞒和骗的文学，只有《红楼梦》是让人睁眼看现实痛苦的。他也正是以此为价值标准，来判断《红楼梦》的各类续作的。

程高本后四十回大致保持了贾府家族的衰败性结局，其中尤以黛玉之死凸显的爱情悲剧和贾府被抄家呈现的家族悲剧，归结了贾府衰败的两条主线，即鲁迅所说的："大故迭起，破败死亡相继，与所谓'食尽鸟飞独存白地'者颇符。"虽然最后写到贾府并非彻底败落，"结末又稍振"，即写到了贾兰中举、流放的贾赦被赦免、剥夺官位的贾珍又袭了职、抄没的家产也归还，诸如此类，让鲁迅稍有不满，但在他看来，跟其他大团圆式的各种续作比，程高本的后四十回还是有其存在的价值的。

一如《红楼梦》写出贾府衰败史而体现出作者正视现实的勇气，与这种家族衰败紧密相连的是，《红楼梦》也写出了女性普遍意义上的人生悲剧。

这种悲剧，在《红楼梦》主人公贾宝玉的视角中，得到了真切的体现。中国传统社会根深蒂固的男子中心主义导致女性普遍被歧视，女性的人生价值被无视，于是，表现女性的人生悲剧，就必须以尊重女性、认同其人生价值为基本前提。因为"悲剧把人生有价值的东西毁灭给人看"，当尊重女性、女性的人生价值在小说中得到充分呈现时，其被毁灭带来的悲剧性震撼力量就越大。正是从这一意义上，鲁迅在《中国小说史略》的有关章节，强调了贾宝玉对女性尊重的特殊意义，所谓：

> 昵而敬之，恐拂其意，爱博而心劳，而忧患亦日甚矣。

如何来理解这个"敬"字？我觉得最重要的是，贾宝玉把女性作为一种价值标准来认同。这里可以举两个典型例子来印证。

其一是林黛玉进贾府见了宝玉后，贾宝玉问她："妹妹可有玉？"林黛玉回答说，这是稀罕物，岂能人人有？贾宝玉的反应是马上把脖子上这块玉摘下甩掉，理由是：家里众姐妹都没有，现在来了个神仙似的妹妹也没有，可见这不是个好东西。换言之，女孩子不用的东西就不是好东西，这不是把女性作为价值标准来认同了吗？

而这样的描写，跟下文还有呼应。贾宝玉身边的大丫鬟晴雯在病中被他母亲王夫人撵走后，宝玉偷偷溜到晴雯处探视。当时晴雯正渴，身边又没人伺候，看贾宝玉进来，就指着茶壶让他倒茶给自己喝。小说写道：

（宝玉）看时，绛红的，也太不成茶。晴雯扶枕道："快给我喝一口罢，这就是茶了，那里比得咱们的茶。"宝玉听说，先自己尝了一尝，并无清香，且无茶味，只一味苦涩，略有茶意而已。尝毕，方递与晴雯。只见晴雯如得了甘露，一气都灌下去了。贾宝玉心下暗道，往常那样好茶，他尚有不如意之处，今日这样。看来可知古人说的"饱饫烹宰，饥餍糟糠"，又道是"饭饱弄粥"，可见都不错了。

对此，脂砚斋评语说："通篇宝玉最恶书者，每因女子之所历始信其可，此谓触类傍通之妙诀矣。"言下之意，宝玉虽然讨厌书，但只要女孩子亲历过，他就相信了。

稍加发挥地说，如果实践是检验真理的标准，那么，对宝玉来说，女性的实践才是检验真理的标准。他把女性作为检验真理的标准来认同，这才是对女性最大的尊重。

尽管这种尊重表现得并不彻底，比如贾宝玉心目中的女性常是指女孩，而并不总包括中老年妇人，而且更多的是一种直觉式的尊重，很难说已经上升到理性的自觉层面，但他能有这样的念头，已是不容易了。而对女性价值的这种高度认同，才使得女性的相继被毁灭产生了动人心魄的力量，并成为《红楼梦》尊重女性、同情女性整体思想的重要组成部分。

（3）走向民间的曲折：尝试人生的另一种可能

也是出于对女性的尊重和同情，曹雪芹在写出女性悲剧命运的同时，也曾构思了走出贵族之家的女性开始新生活的可能性，这就是金陵十二钗正册中，对于巧姐未来生活的设计。小说第五回写贾宝玉神游太虚幻境，巧姐的人生命运首次在贾宝玉翻看的判词画册中得到了暗示：

> 后面又是一座荒村野店，有一美人在那里纺绩。其判云：势败休云贵，家亡莫论亲。偶因济刘氏，巧得遇恩人。

織女星

巧姐，选自《新评绣像红楼梦全传》。王熙凤的女儿，贾府第五代。"织女星"，言其七月初七出生，刘姥姥为其取名巧姐，亦呼应第五回纺绩的命运预设。后遭难，为刘姥姥搭救。

也就是说，按照曹雪芹的构思，巧姐是在贾家败落后，跟着刘姥姥来到乡下，过起自食其力的生活。这样，刘姥姥进大观园，其意义就不仅仅是给以后贾府的衰败提供一个对比性的旁观视角，不仅仅让一个贵族之家在暂时的礼仪松弛中获得一种自然放纵的享受，也不仅仅表现雅俗两种文化趣味的冲突，也许最为重要的是，她带来一种来自底层人的生活价值观和生活方式，并通过巧妙连接，为巧姐的未来开出一条新路。

之前，巧姐因为出生在七夕节，是习俗认为的恶节，让凤姐颇感担忧，一直没给她起名字。刘姥姥二进荣国府，与凤姐聊起大姐多病的身体，建议采用"以毒攻毒"的办法，就取名"巧姐"，认为将来的一切造化，或许能从这"巧"字而来。

至于巧姐长大后遭遇了什么"巧"事，在现在的程印本续作中已经较难看到。程印本写贾环勾结巧姐的狠心舅舅王仁拐卖巧姐，得到刘姥姥救助，也算是巧遇，但并没有在实质上改变她原来的生活轨迹，无法体现出曹雪芹的真正用意。

不过，前八十回有两处描写，为这种"巧"埋下了伏笔。

其一是秦可卿出殡之日，宝玉、秦钟等在沿途的一个农庄稍事休息。在玩弄纺织器具时，有一位叫二丫头的村姑给他们示范纺线，在旁的秦钟对宝玉说："此卿大有意趣。"虽然宝玉在表面上阻止了他的胡说，但二丫头被人叫走后，宝玉内心对她是念念不忘的，一心要见她，只是在出发时才重见二丫头，恨不得下车跟了她走，但"料是众人不依的，少不得以目相送"，很快就不见了。

在这里，在纺车旁示范的二丫头出现在宝玉眼前，如同神游太虚幻境中的纺织美人出现在画册中，对贵族宝玉来说，有着无比寻常的神秘性，并因为难以进一步交流，而引发了他好一阵惆怅。二丫头既是现实中宝玉的巧遇，也构成巧姐未来人生的一种隐喻，并与金陵十二钗的判词形成呼应关系。

其二是刘姥姥进大观园，是带着板儿一起去的。板儿与巧姐见面时，发生了一段故事，这也许是前八十回中，就巧姐本身，而并非从他人描写捎带而来显示出意义的。

那大姐儿因抱着一个大柚子玩的，忽见板儿抱着一个佛手，便也要佛手。丫鬟哄他取去，大姐儿等不得，便哭了。众人忙把柚子与了板儿，将板儿的佛手哄过来与他才罢。

对这一段描写，庚辰本有一句夹批，道是："小儿常情，遂成千里伏线。"研究认为，后来贾家落难，是刘姥姥把巧姐搭救出来，招为板儿之妻的，夫妇二人从此过起男耕女织的生活。而年幼时的一次礼物交换，成了日后巧结良缘的千里伏线的转喻，这是让人很难预料的。

但读者的难料，恰恰是作者的匠心所在，是作者的伟大心灵向着一个可能乃至不可能的世界努力攀升的表征。

诗人何其芳曾经在他的日记里赞叹泰戈尔和罗曼·罗兰等大师的作品伟大，说在泰戈尔的《生辰集第十首》中：

他已感到了对自己的不满，而寄希望于未来的能够写出劳动人民的心灵的诗人，这和罗曼·罗兰在《约翰·克利斯朵夫》的最后感到对这个人物的不满而寄托希望于后一代的青年一样。伟大的人物都是按照他的历史条件尽了最大的努力，而又自知其不足之处的人，都是在某些方面超越过他的前人而又希望他的后来者超越过他的人。

当曹雪芹写出了贾府中的男女主人公所能尽的最大努力后，在家族的败落过程中，他是明白笔下人物也包括他自己的不足的。他自云的"一技无成，半世潦倒"，绝非自谦的泛泛之笔。于是他通过巧妙的艺术构思，让最小一辈的女性如巧姐走向民间、走向底层，走向另一种生活，尝试人生的另一种可能。

可惜的是，这种构思因八十回后的原稿散失，或者未能全部完成，使读者没有机会见到相应落实的故事情节。程印本的续作者不能理解这一点，所以貌似也呼应了第五回判词中刘姥姥搭救巧姐所起的作用，但续作者设计的情节展开，只是让刘姥姥带着躲祸的巧姐如旅游般去了一趟乡下。当巧姐平安回归贾府时，看似拯救了巧姐，但小说原本可能展开的另一种生活方式因为折返而被扼杀了（嫁到周财主家的设计，同样欠妥）。这反过来也说明了，曹雪芹在思想的深刻程度方面，确实是一般作家难以企及的。

5. 述世间最难述之情

与《红楼梦》思想深刻密切相关的，是作品蕴含着极为饱满的情感因子，这也是作品明确提出的"大旨谈情"。对于这种"谈情"，有人从抒情传统角度（如周汝昌），有人从色、情、空辩证关系及文化精神角度（如孙逊），有人从"有情之天下"（叶朗）角度加以总结。但是，从所谓的"礼出大家"角度，中国传统的礼仪文化与"情"的相生相克而显示的整体性意义,并没有得到充分揭示。

"大旨谈情"给小说带来了总体上的情感饱满,所谓"情天情海"有其更大背景上的文化意义。简单地说,明清之际,当沿袭甚久的儒家礼仪文化渐趋没落时,当维系人与人关系的礼仪变得日益脆弱或者虚伪时,当以理释礼的理学家的努力并不能得到更多人信服时,提出"大旨谈情"的问题,就成为作者对维系人的良好关系可能性的重新思考,也是对人的情感状态的各种可能性的重新构想,以及对人的心灵世界的深入开掘。这样,小说呈现的人物多样化、情节特殊化以及蕴含的思想深刻等方面,都在情的渗透中,得到了重新建构和理解。而情感的饱满,又是以其丰富性、语境性和变通性来获得充分体现的。

(1)情感的丰富性

据脂批透露的信息,曹雪芹原打算在小说结尾,以一张"情榜"给出的情感方面的评语来对各类女性人物加以分类概括。这样,人物的多样化问题,在很大程度上就成为对人的情感类型的细细划分,体现出作者对人的心灵世界有关情感问题的丰富认识。

　　尽管我们并不知晓"情榜"中的所有人物评语，但即以脂批透露的贾宝玉和林黛玉的评语来看，宝玉是"情不情"，黛玉是"情情"。前者指对不情之物也倾注情感，后者则以情感来对待有情之物，这样，前者侧重于情感的广度，后者主要体现情感的深度。这种区别，在一定程度上是把传统社会的男女不同的情感特质予以了提示。

　　我们还可以借助金陵十二钗册子的序列，来发现贾宝玉与周边女性交往的情感差异体现的丰富性。如前所说，金陵十二钗正册的前后序列是依据与贾宝玉的亲疏关系而展开的。有学者也曾经以亲情、爱情和友情等类别来加以归纳，这当然也是一种思路。但如果进一步细分，重新思考不同女子依托的文化修养及其言行举止，那么，除自家姐妹外，就以贾宝玉身边最亲近的四位女子论，黛玉的热烈、宝钗的含蓄、湘云的自然、妙玉的做作，诸如此类，让我们惊讶地发现，男女之间的情感交流，在《红楼梦》中展开了如此多姿多彩的风貌。

　　同样,当饱满的情感充溢于情节时,传统小说侧重于故事、传奇的动作性冲突就悄悄退后了,带来心灵震荡的情感之流裹挟着琐碎的细节,成为与故事性的情节并立的另类叙事。

　　于是,在这样的意义中,看似平淡无奇、毫无冲突可言的黛玉葬花举动,比如第二十七回的"飞燕泣残红",因为情感的宣泄形成了高潮,于是就成了几乎可以与"宝玉挨打"这一相当重要的情节高潮分庭抗礼的又一个高潮。也因为这个原因,后来越剧改编的《红楼梦》把黛玉葬花内容移到宝玉挨打之后,让它成为人物命运发生逆转前的一个高潮。

　　而在思想深刻方面,作者在直面家族衰败的真相、尊重女性、同情女性不幸的命运方面,也因情感的真诚和饱满获得了巨大的内驱力。

　　关于描写人物情感的丰富性,这里只想举一点来说明。《红楼梦》在表现女性的醋意或者说妒忌之情时,同样体现出作者独到的思考和有关人物情感的丰富想象。

传统的男子中心主义、不合理的妻妾制度以及出于家庭内部稳定的需要，嫉妒的女性成了历代被嘲笑的对象，不但有《妒记》一类的笔记小说，还有如《醒世姻缘传》那样把妒妇塑造成恶魔般的可怕形象的长篇世情小说。像俞正燮《癸巳类稿》中提出的"妒非女人恶德论"那样的话题，还是比较少见的。

而《红楼梦》对女性的嫉妒表现，给出了不少具体描写。虽然作者也描写了妒忌的男性如贾环等，但远不及描写的妒忌女性那样生动而多样，其蕴含的独特价值判断也足以令人深思。

清代的二知道人在《红楼梦说梦》随笔中，曾把大观园视为一个醋海。他写道：

大观园，醋海也。醋中之尖刻者，黛玉也。醋中之浑含者，宝钗也。醋中之活泼者，湘云也。醋中之爽利者，晴雯也。醋中之乖觉者，袭人也。迎春、探春、惜春，醋之隐逸者也。至于王熙凤，诡谲以行其毒计，醋化鸩汤矣。曾几何时，死者长眠，生者适成短梦，亦徒播其酸风耳。噫！

二知道人对各人的概括是否准确暂且不说，其分出的不同类别可以提醒我们，小说在多样化刻画女性人物情感时，妒忌也是其中不可或缺的因子。

作者的独特性在于，一方面沿袭了传统习惯，塑造了奇妒女子夏金桂，表现出对此类女子的厌恶；与此相对照，还塑造了似乎大度无私、一心为丈夫张罗小妾的贾赦之妻邢夫人，同样令人反感。

这样，究竟如何判断女性的妒忌或者大度，就不再能够像传统那样，出于男子中心主义的价值观，给出一个绝对的判断。因为在曹雪芹笔下，女性的妒忌问题既跟不合理的妻妾制度相关，也跟不合理的奴婢等级制度有关，当然，还跟男性自身用情不专，甚至淫欲无度有关。

这样，嫉妒往往成了女性巩固自己地位的武器。如凤姐，既有对鲍二媳妇的大打出手，也有针对尤二姐的设计毒害；而夏金桂对于先她而在的香菱，不但在肉体上予以打击，也对其诗意生活的向往竭尽嘲弄之能事；或者如袭人，对宝玉把海棠花比作晴雯坚决予以否认。

但有时候，嫉妒也可以对男子用情不专加以情感校正，比如黛玉不时流露的醋意，就提纯了贾宝玉的情感，在很大程度上，让"见了姐姐，就把妹妹忘了"的宝玉变得用情专一起来。

就这样，小说在充分展示这种复杂性时，使得仅仅是表现人物妒忌这一类情感，也显得相当丰富和辩证。

有学者认为，邢夫人貌似宽容大度，不同于凤姐的妒忌强悍，是因为邢夫人娘家已经败落，无法跟当时仍然显赫的王家相比。这种分析力图揭示人情背后的权势因素，也是在努力理解小说所展示的情感中的依附性，这正是情感书写折射出的社会性一面，值得我们进一步讨论。

（2）情感的语境性

《红楼梦》虽然"大旨谈情"，但这种情感又不是在真空中进入人物内心世界的，政治经济、社会习俗、礼仪制度等作为维系人们日常行为的基础和规范依然存在，于是情感的抒发和交流，就常常是在各种有形和无形的制约中相生相克，一旦呈现到众人面前，就折射出社会风貌的深广度，体现出它所依存的语境性。

尽管以往的才子佳人小说涉及人物情感时，也都是在语境中产生的，但其千人一面、千部一腔的叙事模式，在语境的呈现方面基本是把特定社会风貌抽离出去的。如果说这也是一种语境的话，那么这样的语境是抽象的，是较少能够反映特定社会环境和人物复杂关系的，而《红楼梦》则不然。下面举例来分析。

第五十四回写贾府过元宵，宝玉要来一壶热酒，给老祖宗等长辈敬酒，老祖宗带头干了，再让宝玉也给众姐妹斟酒，让大家一起干。想不到黛玉偏不，还把酒杯放到宝玉唇边，宝玉一气饮干，黛玉笑说："多谢。"接下来写凤姐也笑说："宝玉，别喝冷酒，仔细手颤，明儿写不得字，拉不得弓。"宝玉忙道："没有吃冷酒。"凤姐儿笑道："我知道没有，不过白嘱咐你。"

对此，有学者在点评中比较了黛玉和凤姐的笑，认为："黛玉对宝玉的'笑'是知心，一个动作，对方就心知肚明。王熙凤对宝玉的'笑'是关爱，姐弟情深。"也有红学家认为："宝玉已知其体质不宜酒，故代饮。两心默契，写来出色。"前一点评认为是体现凤姐对宝玉的姐弟情，后一说法强调了宝黛间已成默契的情感。

细细推敲，两种说法似乎都不够精准和全面，因为都忽视了人物依托具体语境所显示的特殊意义。不可忘记的是，前文已经交代，宝玉是拿热酒敬人家，他代黛玉喝下的，正是同一壶中的酒。凤姐居然叮嘱他别喝冷酒，还把喝冷酒的后果带着夸张的口吻说出来。更离奇的在于，当贾宝玉声明自己并没喝冷酒时，凤姐又马上说她也知道，不过是想嘱咐他一下。

这里，白嘱咐的"白"，有着"只、只是"的意思，就像第三十四回写的：王夫人道："也没甚么话，白问问他这会子疼的怎么样。"那么，在这样的语境中，凤姐说了一句无的放矢的废话，似乎与她为人的一贯聪明并不协调，这是为什么？无论说是体现姐弟情深，还是宝黛间的默契，都没有把语境的完整意义概括出来。

换一种角度看，当大家都在顺着老祖宗的要求喝完宝玉斟上的酒时，只有黛玉例外，反要宝玉替自己喝。虽然就宝黛二人自身言，当然可理解为是关系融洽，但对于在场的众人，未必会认同这一幕，更何况这是在跟老祖宗唱反调。

所以，清代评点家姚燮认为："当大庭广众之间偏作此形景，其卖弄自己耶？抑示傲他人耶？"对黛玉此举颇有微词。而洪秋蕃则将黛玉与宝钗比，认为："（黛玉）大庭广众之中，独抗贾母之命，且举杯送放宝玉唇边，如此脱略，宝钗决不肯为。"王希廉据此认为："凤姐说莫吃冷酒，尖刺殊妙。"姚燮说："凤姐冷眼，遂有冷言，故曰别吃冷酒。"诸如此类的判断，都是较为精当的。

这样，让宝玉别吃冷酒，指向的并不是酒，因为酒确实不冷。倒是容易让人产生一种联想，就是黛玉与宝玉间看似情深的亲热行为，不但有抗命贾母的嫌疑（尽管宝玉和黛玉都是贾母的心头肉，她似乎不便也不愿意当众指责他们），而且如此大庭广众下"秀恩爱"，在传统社会也涉嫌非礼。于是，凤姐的言说恰是因其针对宝玉的表面热切关心的无意义，似乎说了也白说，才显示了转向黛玉的冷嘲意义。

把王熙凤此处的冷嘲，与第二十五回描写王熙凤直接打趣黛玉对照起来看，就更清楚了。那段打趣，是因为黛玉吃了王熙凤送来的茶所引发。

林黛玉听了，笑道："你们听听，这是吃了他们家一点子茶叶，就来使唤人了。"凤姐笑道："倒求你，你倒说这些闲话，吃茶吃水的。你既吃了我们家的茶，怎么还不给我们家作媳妇？"众人听了，一齐都笑起来。林黛玉红了脸，一声儿不言语，便回过头去了。

这里，王熙凤拿黛玉的婚姻大事打趣，也许并不合适，但因为是泛泛之语，而且这种打趣，多少揣摩了贾母喜爱黛玉的心思，所以也不算太失礼，甚至这种打趣，还有示好的意味。

只是宝玉和黛玉把这种泛指落实为具体的"秀恩爱"行动，黛玉甚至违背贾母让大家都喝光酒的要求，这才引发了凤姐的冷嘲，以收敲打黛玉的效果。

这样，作者写人物的情感表达和交流，便跟他们是否合乎礼仪的规范以及能否体贴长辈的孝心结合在一起了。如果剥离开这种语境，认为仅仅是体现凤姐对宝玉的关爱，或者宝玉和黛玉的默契，只盯住情感来讨论问题，就都流于表面了。

（3）情感的变通性

提出情感的变通问题，可能会让人惊讶。情感难道不是不变才有价值和意义吗？文学作品不是一直在讴歌这种"江流石不转"的情感的永恒性吗？但我们进入《红楼梦》具体人物关系时，会发现作者恰恰对这种变通有自己独到的理解和描写。这种理解和描写，主要体现在承载着人际情感的"一"与"多"的现实关系中。

贾宝玉刚上场，其所具的"好色""怡红"特征，表现在喜欢林黛玉的同时，也对许多年轻女子魂牵梦绕。黛玉所谓"见了姐姐，就把妹妹忘了"，虽是一句吃醋的话，但也不能说是捕风捉影，一点没道理。

事实上，第十九回，宝玉希望袭人的表妹也到他身边来；第三十六回，当宝玉向袭人讲自己的人生追求，是要一群姑娘的眼泪来埋葬他时，其内心深处还是有那种传统社会根深蒂固的男子中心主义在盘旋，对女子有一种普遍占有欲的情结在作怪。

不过，贾宝玉并没有止步于此。他是在跟演戏的龄官交往碰壁中，在看到龄官与贾蔷痴情交流的一幕后，反思了自己的情感定位，从而从男子中心主义的幻觉中走了出来，于是就有了这样一段对贾宝玉情感调整来说极为重要的描写。

宝玉一进来，就和袭人长叹，说道："我昨晚上的话竟说错了。怪道老爷说我是'管窥蠡测'。昨夜说你们眼泪单葬我，这就错了。我竟不能全得了。从此后，只是各人各得眼泪罢了。"袭人昨夜不过是些顽话，已经忘了，不想宝玉今又提起来，便笑道："你可真真有些疯了。"宝玉默默不对。自此深悟人生情缘，各有分定，只是每每暗伤，不知将来葬我洒泪者为谁。

对于宝玉这样的情感觉悟，又不能简单理解为他认同了从一而终。尽管他是情种，但对情人间的关系，又持有较为通达的看法。第五十八回，写十二戏子中扮演小生的藕官和扮演旦角的菂官假戏真做，旦角去世后，藕官哭得死去活来，不忘祭奠，但对于后来顶替的蕊官又是一往情深，引得周边同伴嘲笑她喜新厌旧。她回答：

隔花人远天涯近

龄官，选自《新评绣像红楼梦全传》。贾府采买的十二戏子之一。"隔花人远天涯近"在《红楼梦》中指贾宝玉对小红的印象。用在龄官大概指其在地上画"蔷"的痴情及对宝玉"识分定情悟梨香院"的点醒。

　　这又有个大道理。比如男子丧了妻，或有必当续弦者，也必要续弦为是；便只是不把死的丢过不提，便是情深意重了。若一味因死的不续，孤守一世，妨了大节，也不是理，死者反不安了。

虽然这番议论被作者称为"呆话"，但又说恰恰是合了宝玉的"呆性"，让其又喜欢，又感叹。在这里，我们固然可以认为作者并不认同"从一而终"的情感关系，但毕竟，藕官是以男子身份来谈续弦问题的，而"从一而终"又常常是对女子的要求，那么，这样的变通要求，是否也只是一种男子普遍占有欲下的变通处理呢？也许不一定是。

可以举两个正好相反的实例来说明。

其一，小说似乎对宝玉大嫂李纨青年守寡的生活方式不太认同。虽然我们找不到直接的依据，但贾宝玉在大观园落成题匾额时，对后来是李纨住所的稻香村进行了严厉批评，认为这处所的整个设计违背了自然的原则。考虑到大观园中各处院落与居住主人的趣味品格等有一定关联性，那么，稻香村的反自然，是不是跟李纨违背自然人性的守寡有一定的契合度呢？作者是想这么来暗示吗？

其二，小说中后来写到的尤三姐是以一个淫奔女的恶名立志改过自新，与柳湘莲厮守一生的。但柳湘莲基于男人的自私和虚荣，以不做"剩王八"的所谓尊严，彻底

李纨稻香村课子

选自清《红楼梦赋图册》。

李纨，选自《新评绣像红楼梦全传》。贾宝玉大嫂。"穿一套缟素衣裳"，言其青春守寡，全无修饰。

穿一套缟素衣裳

斩钉截铁

尤三姐，选自《新评绣像红楼梦全传》。"斩钉截铁"，言其个性刚直，痴恋柳湘莲，以死殉情明志。

拒绝了尤三姐自新的机会，导致尤三姐绝望自杀，柳湘莲
醒悟过来后出家了事。在这件事中，作者站在所谓"不干
净"的尤三姐的立场上是明确的，不含糊的。这样的一种
情感变通立场，不是以教条式的贞洁来要求一个弱女子的
思想，出现在《红楼梦》中，是难能可贵的。

6. 天下文体入《红楼》

《红楼梦》虽然是以散文化的白话写成的小说，但里
面也夹杂了诗、词、曲、赋等各种文体，类似宋人说的
"文备众体"，有人甚至认为《红楼梦》就是文体意义上的
百科全书。

不过，以往说到《红楼梦》的"文备众体"现象，较
多关注各种文体类型，关注小说在散文化的叙述中，还穿
插进哪些诗、词、曲、赋等韵文。即使有学者讨论过语言
体貌特征（所谓"语体"），也主要是集中于骈偶语言与散
化语言，或押韵与不押韵语言的交互错杂问题，总体讨论

并不充分。

文学是语言的艺术，小说文体最终要落实在语体特征上。《红楼梦》的"文备众体"特点在很大程度上就表现为语体的多样性。下面从语体这一特定角度切入"文备众体"问题，着重讨论《红楼梦》在语体意义上的押韵的骈偶语言与不押韵的散文化语言的交错，文言文和白话文的对立、对峙，以及高雅的语言与通俗乃至粗俗语言的交相融合等特点，探究在这样的语言特征下，可以看到怎样的社会文化内容，从而不仅仅停留在语言的表面，还能对"文备众体"现象获得比较深入和细致的理解。

《红楼梦》鲜明的"文备众体"特征，一个重要表现就是叙事表达方式与抒情方式的统一，是历史学与诗学两大传统的合流。怎样理解这两种传统的合流？可以举一个例子。

比如我单位同事的女儿喜欢背古诗词，还在进初中前，就已经背熟了林黛玉的大部分诗词，而对于唐代大诗人杜甫等诗人的诗作，却所知寥寥。我很好奇地问她，既然喜欢古诗词，何不多背些唐代大诗人的诗呢？她说她认为林黛玉写的诗比杜甫还要好,因为林黛玉的诗比杜甫的诗更让她感动。

在和她进一步交谈中,我才明白,她的比较本身就是不公平的。因为一方面,她所读的杜甫诗很少,更重要的是,她是在诗的选本中,在语文教材中读杜甫诗的,是脱离了杜甫的生活语境的。而对于林黛玉的诗作就不同。她是在《红楼梦》小说中,在有关黛玉人生的叙事中,在跌宕起伏的情节中,在一次次心灵的震荡中读到了发自黛玉内心的抒情诗作。她固然是被黛玉的诗作所感动,但更是被黛玉的人生所打动,被黛玉的心灵世界所吸引。

这样,林黛玉的诗作比杜甫的诗更吸引她,就不奇怪了,但不能因此说林黛玉的创作水平要高于杜甫。更何况曹雪芹让林黛玉进入创作状态时,也是努力要贴近一个十来岁女孩子的水平来构思的,把她的诗作与一个成熟诗人比,也是不合适的。但这个例子,在一定程度上毕竟提示我们叙事传统和抒情传统结合的重要性。

历史地看,古代抒情性的诗词等韵文都是在生活语境中产生，后人接触这些文本时，其原初语境已从文本背后脱落。我们所读诗集多从诗人生活中抽象出来，在理解上缺乏生活土壤的支撑。诗词作品脱离历史语境流传的现象古人已有所认识，唐人曾尝试建立一种将诗放回生活语境来接受的方式。唐代《本事诗》就是把诗与生活事件结合起来编排，将每一首诗放回生活语境中，揭示其产生缘由，便于读者以一种具体的而不是抽象的、整体的而不是片段的方式来理解诗歌。

宋代延续本事诗传统的是欧阳修，这表现在他的《六一诗话》中。"诗话"之名最早由欧阳修提出，《六一诗话》也成为中国文学史上的第一部诗话。之所以取名"诗话"，欧阳修本人没解释，倒是司马光《续诗话》给出了解释。司马光说，他的名声、才能不及欧阳修，之所以敢作《续诗话》呼应欧阳修，是因为他的诗话和欧阳修的《六一诗话》有相同处——都是在"记事"。可见，"诗话"之"话"特指"叙事"，"诗话"便是"关于诗歌的事件"。

清代学者章学诚在《文史通义》中将小说归于诗话门类，在诗话类别中来谈中国小说发展。在他看来，小说将诗歌和事件统一了起来。尽管他竭力批评小说发展每况愈下，但认为小说整合了叙事和诗歌的观点却是符合实际的，这在很大程度上呼应了"文备众体"的语体特点。

下面我们从语体的韵散交错、文白对峙、雅俗杂糅等视角对《红楼梦》作一分析。

（1）韵散交错

首先，《红楼梦》人物对话沟通的基本方式是散文化的，当散文化的言语方式转换成诗词等韵文时，就有了一种间离效果，即人物可以从情景中暂时脱离出来，以客观的立场看待人物的言语交流，完成散文难以完成的某些功能。

比如让一个人在日常言谈中发表"高大上"的话会显得可笑，但如果赋一首诗歌来抒发一下，似乎就变得容易接受了。在小说中穿插进诗词，其实也是遵循着古代"诗言志"的惯例，用曲折迂回的诗词艺术方式，便可使包含着远大志向的宏论容易被大家接受。这样，薛宝钗才会在她的《临江仙》中借咏叹柳絮，来抒写"好风频借力，送我上青云"的志趣，否则让她用散文化的口语对人说出来，就会让人觉得怪怪的。

另外，坠入爱河的人当面向恋慕的对象表达爱意总有点羞涩，特别是在传统社会中，男女之间的交往有许多禁忌时更是如此。但把这种爱意放在韵文体的诗词曲中写出来，就不至于那么难堪。

当诗歌承载人的情感时，诗歌也就成为双方交流、沟通的媒介，并从日常散文化的语言中独立出来，人物也就不需要直接面对对方。这时，诗歌既是情感交流的媒介，也是保护自己的屏障，可以写出当面不便说、无法说、不敢说的许多话。

林黛玉的有些诗甚至是当着贾宝玉的面也不便言说的，她借助诗歌这种特殊的文体，营造出一个与现实暂时隔离的世界，让自己沉浸其间、陶醉其间，从而更方便、更顺畅地把郁积在自己心中的隐秘情感倾吐出来。

比如，林黛玉在贾宝玉赠送她的旧帕上题下三首绝句，借着对自己眼泪的题咏，表达她对贾宝玉全部的爱。

但这种抒情，林黛玉不大会当着宝玉的面用散文化的言语表达出来，似乎只有韵文才能恰到好处地承载这份情感。

可以说，韵散交错的语体方式，达成了人物不同情感或者情感不同层次的个性化交流和抒发。

其次，从叙事整体结构看，韵散交错不仅仅意味着人物顺畅地抒发了情感，也不仅仅意味着交流方式，特别是抒情方式的改变，还是叙事系统本身的分化和互补。

《红楼梦》在散文中夹杂诗词韵文大致分为两种情况。一种固然成为人物的交流或者自我的抒情方式，另一种则停留在整体化的叙述层面，即作者通过某种艺术手段将诗、词、曲等韵文插入情节中，让其成为小说情节的组成部分。

比如第五回贾宝玉神游太虚幻境时，在警幻仙子的引导下，看到了金陵十二钗册子中的判词，也听到了"红楼梦"的套曲。这些判词和曲词，其实对小说主要人物未来命运都有暗示和解释。之所以不用散文化的语言直接叙述出来，而是通过画册中的韵文判词和演出中的曲词来暗

我是散相思的五瘟使

警幻仙子，选自《新评绣像红楼梦全传》。"我是散相思的五瘟使"，出自元王实甫《西厢记》："我是个散相思的五瘟使。"五瘟使专治人间的相思病。

示，是因为这些内容带有谶纬式宿命思想，是对人物未来命运提前做出的一些暗示，并不属于当下按照正常时间顺序展开的故事情节。

这样，一方面看，诗、词、曲等韵文语言的跳跃式连接，采用意象组合等修辞手段，其解读本身的模棱两可，难以有定论，可以和暗示人物未来命运的神神道道的内容相协调，也可以用天机不可泄露来解释。

另一方面，日常生活的正常推进和未来命运的暗示，其实分属于两种不同的叙述体系，所以散文和韵文其实就是承载了两种不同叙述功能的结构性互补，是日常平凡世界的叙述层面和神秘的未来暗示层面的互补。

不过，散文化叙事与韵文更深刻的关系在于二者之间的生成关系，即叙事为韵文提供了充分的语境，而韵文又把叙事的境界提升了。如前文所述，林黛玉的《葬花词》与用散文化的语言对她不幸身世的叙述密切关联起来，其感人的力量大大强化，而她的身世，也在韵文《葬花词》中得到了定格化理解。

甚至一直到后来，"黛玉葬花"成了其形象标志，成了对其定型化的一种理解，但这种理解，其实是把关于她的散文化叙述和韵文化抒情融合在一起的。而跟她学诗的香菱，更是体现了韵文抒情与散文叙事结合所反映的社会的深刻性。

"香菱学诗"是《红楼梦》中的著名片段。香菱原本是甄士隐家的女儿，幼时被拐卖，养大过程中，被打到失忆，彻底忘记或者不敢提自己的身世，人贩子才把她卖给呆霸王薛蟠为妾。她是小说中最痴迷于诗的人，她不管不顾地创作，不是简单地为小说的散文化叙事贡献出她的诗歌，而是表现她写诗的动力来源于苦难命运中的挣扎，是以诗的迷人来对苦难现实的逃避。她是以执着地写诗来慰

早掩过翠裙三四褶

香菱，选自《新评绣像红楼梦全传》。年幼被拐，后成为薛蟠侍妾。"早掩过翠裙三四褶"出自《西厢记》，这里指向"呆香菱情解石榴裙"回目。"香菱学诗"是她灵性的苏醒。

藉自己的不幸。

然而，小说的深刻性或者说一种悖论在于，尽管好色粗俗的薛蟠没有资格做香菱的依靠，但薛蟠外出经商时，香菱在大观园写成最好的一首诗仍是借咏月渴慕团圆。小说交代说这首诗是梦中得来的。其蕴含的无意识心理，还是把自己定位为思念丈夫的一位闺中女子形象，从而加深了香菱无法改变的悲剧命运。

这样，诗的难以确切解读的神秘性再次和主人公的深层次意识心理相关联，其与散文化的叙述结合起来，刻画出了一个全面立体而又深刻的香菱形象。

（2）文白对峙

《红楼梦》作为一部经典白话小说，人物日常交往自然以口语白话为主，但在某些场合出现白话和文言对峙的情况，也很值得回味。

第十八回元妃省亲，元妃与众亲友对话多用口语白话，而他人回答却多用文言书面语。如元妃说："当日既送我到那不得见人的去处，好容易今日回家娘儿们一会，不说说笑笑，反倒哭起来。一会子我去了，又不知多早晚才来。"因问："薛姨妈、宝钗、黛玉因何不见？"王夫人启曰："外眷无职，未敢擅入。"后来再问："宝玉为何不进见？"贾母乃启："无谕，外男不敢擅入。"母亲对女儿、祖母对

贾元春，选自《新评绣像红楼梦全传》。贾家身份最尊荣的贵妃。"一个仕女班头"，言其富贵。

孙女居然说这样的书面化语言，显得刻板又僵化。

但这里的情境是，贾母和王夫人面对的不仅是孙女、女儿，更是皇家贵妃，需要用一种非常严肃的书面化语言对答。从表面看，元妃说话情真意切，而王夫人、贾母的书面化语言似乎在控制情感；但深一步看，这种语体的差异却暗含着礼仪的差异。贵妃对祖母和母亲可以用轻松随便的大白话交谈，以此表现她的亲切，而祖母和父母却不可以如此，这体现了对皇家的尊重。

一般而言，高层贵族可以用口语言说，这种身份和语体的差异反而表现出贵族阶层的体恤下情，而下层则需要用合乎上层身份的语体来应答，以此显示对上层贵族的尊重。（也许在今天，我们还能隐约看到一点这样的痕迹。比如在大会中，同样是上台说话，主持人一般会称平头百姓的是"发言"，称领导的是"讲话"。书面化的名称"发言"暗示的是相对拘谨，大白话的名称"讲话"暗示的是放松随意，由此划出了他们地位的差异。）

语体的文白差异暗含着礼仪文化的等级制度，其中还进一步蕴含着情与礼、忠与孝的冲突。

当然，这样的表现也不是一成不变，与之形成鲜明对照的是元妃和父亲的一段对话：

（贾妃）隔帘含泪谓其父曰："田舍之家，虽齑盐布帛，终能聚天伦之乐；今虽富贵已极，骨肉各方，然终无意趣！"贾政亦含泪启道："臣，草莽寒门，鸠群鸦属之中，岂意得征凤鸾之瑞。今贵人上锡天恩，下昭祖德，此皆山川日月之精奇，祖宗之远德钟于一人，幸及政夫妇。且今上启天地生物之大德，垂古今未有之旷恩，虽肝脑涂地，臣子岂能得报于万一！惟朝乾夕惕，忠于厥职外，愿我君万寿千秋，乃天下苍生之同幸也。贵妃切勿以政夫妇残年为念，懑愤金怀，更祈自加珍爱。惟业业兢兢，勤慎恭肃以待上，庶不负上体贴眷爱如此之隆恩也。"

元妃对父亲说话与对母亲说话的内容并无多大差别，但对父亲说话的语体却全用文言。父亲毕竟是朝廷命官，向父亲表达骨肉分离之情，在语体上还须遵循皇家礼仪。

于是，内容和形式产生分裂，这种分裂在其父冠冕堂皇的回答中被小心翼翼地弥合起来了。贾政除了表达对皇上的感恩外，还劝说元妃一心侍候皇帝，在尽忠的绝对要求中，父女之情没有了存在余地。文言表达形式的整肃，达到了与忠君礼仪的高度统一。

红楼人物言语的文白对峙情况，在书面文字表达或在情节推进中引入其他文类时也会出现，最典型的例子是第三十七回的探春结社。探春向贾宝玉发出的帖子是用典雅的文言文写成的，还用了较多典故，基本以骈偶句式贯穿下来，结尾曰：

孰谓莲社之雄才，独许须眉；直以东山之雅会，让余脂粉。若蒙棹雪而来，娣则扫花以待。

探春以女性身份与男性一争高低，不但以脂粉女子藐视了须眉男子，而且在结尾自称"娣"，而不是"妹"，力图模糊性别界限，使得文章主旨透出的英气和骈偶词句的铿锵有力很好地协调起来。

海棠结社

选自清《红楼梦赋图册》。

也是在小说的这一回，跟贾家同一宗室的贾芸想攀高枝，尽管比宝玉大好几岁，但在一时的戏言认父子干亲后（虽然从辈分上说，草字辈确实比玉字辈低），居然还煞有介事地认真起来，不但以宝玉儿子自许，还设法给宝玉送了两盆白海棠大献殷勤，并随花附上一封用大白话写成的帖子，其中有这样的句子：

> 前因买办花草，上托大人金福，竟认得许多花儿匠，并认得许多名园。因忽见有白海棠一种，不可多得。故变尽方法，只弄得两盆。大人若视男是亲男一般，便留下赏玩。

这样的大白话以及贫乏的用词，自然让人忍俊不禁，但把这帖子与探春诗帖相对照才更有意思。前者是文言，后者是白话，文言容易给人距离感，白话则更贴近生活。探春用骈偶句式的信笺谈诗论社，一方面诗社确有远离当下生活的一面，用文言书写十分恰当，但她想借此跳出女性性别限制的意图也十分明显。

如果说探春使用文言助力了她飞扬的英姿，那么贾芸使用白话恰恰让自己低矮下去，把自己矮化到尘土里去了。文言的距离感和白话的贴近感，在各自的作者手里得到充分的发挥。

进一步说，男女有别和长幼有序的人伦问题，在两封不同的信笺里，通过不同的语言方式得到了新的处理。这种颇具新意的处理，又把我们对语体的思考，再次带向了社会文化方面。

同样值得回味的是，第十五回，北静王水溶在秦可卿出殡的场合第一次遇见宝玉时，送给宝玉见面礼，对白基本用文言。

水溶又将腕上一串念珠卸了下来，递与宝玉道："今日初会，仓促竟无敬贺之物。此系前日圣上亲赐鹡鸰香念珠一串，权为贺敬之礼。"

虽然礼物不算厚重，但由"圣上亲赐"来加持，意义就非同小可，而文言的口吻，也显示了他赠礼时的庄重其事。不过当宝玉把这一礼物转赠给心上人黛玉时，却有了这样一段描写：

> 宝玉又将北静王所赠鹡鸰香串珍重取出来，转赠黛玉。黛玉说："什么臭男人拿过的，我不要他。"遂掷而不取。宝玉只得收回。

在这里，不但"掷而不取"显示了黛玉的蔑视，尤其是用粗鲁白话回应的口吻，把北静王那种由文言凸显出来的庄重和高贵感，连同"圣上"（虽然这是无意中的）一并抹去了。这是文白的隔空对峙，也是力量的对峙。

（3）雅俗杂糅

通常认为，文言是雅，白话是俗，但这只是问题的一个方面，在《红楼梦》中也有都用白话来表现雅俗的。老祖宗与刘姥姥游大观园时也说白话，但言语间透着一股高雅气息，而刘姥姥却完全透着乡野俗气。这些已为大家所熟悉，不用啰嗦。这里需要说明的是，雅俗语体在不同人或者同一人言语中的那种似乎反常规的复杂体现。

这里先举香菱和夏金桂有关"香菱"名字的一段对话。夏金桂嫁给薛蟠后,对比自己先在薛蟠身边的侍妾香菱万分嫉妒,百般挑剔,认为宝钗给香菱起的名字讲不通。小说写道:

话说金桂听了,将脖项一扭,嘴唇一撇,鼻孔里哧哧两声,拍着掌冷笑道:"菱角花谁闻见香来着?若说菱角香了,正经那些香花放在那里?可是不通之极!"香菱道:"不独菱花,就连荷叶莲蓬,都是有一股清香的。但他那原不是花香可比,若静日静夜或清早半夜细领略了去,那一股清香比是花儿都好闻呢。"

与描写金桂丰富的表情和动作不同,小说中没有香菱说话时的任何神情描写,她只是在静静地陈述。这种由静而来的细致描述,似乎让我们看到她收敛起一切的动作,只让自己陶醉在淡淡的清香中。

相反,金桂的一切动作和表情却让她躁动起来,既遮蔽了她对一个幽深世界的理解,又使得凸显出来的近乎小

似這般單相思好教撒吞

夏金桂，选自《新评绣
像红楼梦全传》。薛蟠之
妻。"似这般单相思好教
撒吞"，指薛蟠收监后，
夏金桂耐不住寂寞，勾
引薛蟠堂弟薛蝌。

丑样态的动作丰富起来，把一
个外在于自己的美好世界给完
全掩盖住了。

也许，像"鼻孔里哼哧
两声"这种大白话，可以用一
种更精致、更凝练的语言，如
"嗤之以鼻"来呈现，但作者就
是不这样写，因为"嗤之以鼻"
的书面语已经成了套路，反而
让人感觉麻木了；而用大白话
呈现白描笔法，可以让金桂的
丑态形象获得动态感，这种动
态白描造成的丑态效果，与其
不容置疑的连续反问十分协调。

语言是雅还是俗，在许多场合固然与人的雅俗不可
剥离。但值得注意的是，香菱富有雅趣的解释和陈述并
未打动金桂，她反而要求香菱把名字改为"秋菱"，将香
菱陈述的那种"清香"一下子抹去了。

作者在这里不仅是表现二人审美趣味的差异，而且更主要是表现金桂借此由头巩固她作为薛蟠正妻的地位。在重要的权力斗争面前，审美让出了自己的位置。金桂俗不可耐的动作丑态，成为其行动的力量；而香菱富有诗意的静静陈述，反而成为其软弱的象征。

夏金桂为人粗俗，与薛蟠可谓臭味相投。小说多处写了薛蟠的粗俗言行，当雅俗言语杂糅在薛蟠身上时，就显得更加耐人寻味。

小说第二十八回写宝玉、薛蟠、蒋玉菡等人在妓女云儿处喝酒行酒令时，薛蟠的言语就显得相当粗俗："女儿悲，嫁了个男人是乌龟；女儿愁，绣房蹿出个大马猴。"到第三句"女儿喜，洞房花烛朝慵起"时，周围人才万分惊讶：怎么回事呢，他居然也能说出如此文雅的句子。

其实小说描写的巧妙在于，粗俗之人偶尔也有附庸风雅的冲动。在粗俗中杂糅进这样一句，就使得粗俗以一种不伦不类的变相方式表现出来，改变了读者对粗俗的教条式理解。

现实生活中，粗俗的人不是偶尔也会附庸风雅一下吗？再说，即便薛蟠表现得如此粗俗不堪，但因其有钱有势，依然可以在众人面前表现得毫无顾忌。

当然，小说有时也对雅俗杂糅进行创造性利用。如第四十六回，好色的贾赦想讨鸳鸯为妾，鸳鸯的嫂子把这事认作是天大的喜事，认为劝她听从的话都是好话。结果被鸳鸯狠狠啐了一口道：

凤隻鸳孤

鸳鸯，选自《新评绣像红楼梦全传》。贾母身边的大丫鬟。"凤只鸳孤"，指被贾赦逼婚后发誓永不出嫁。

什么"好话"！宋徽宗的鹰，赵子昂的马——都是好画儿。什么"喜事"！状元痘儿灌的浆儿——又满是喜事。

以名画宋徽宗的鹰、赵子昂的马来谐音"好话"，这是多么高雅；但是以痘疹发出灌浆说明危险期已过为"喜事"，又是多么凡俗。

鸳鸯的嫂子本来是把好话与喜事指向鸳鸯可以当小妾之事，却引出鸳鸯的雅俗差异如此大的语言杂糅。表面看，鸳鸯似乎以高端的雅和低端的俗涵盖了所谓的好话和喜事，但这种雅俗杂糅却更深层次地说明鸳鸯内心的愤懑十分强烈，至于她嫂子是否能听明白已经不重要了。雅俗的语体杂糅，最终在人物的情感宣泄中被统一起来。

但这种痛骂也只能面对她的嫂子来发泄，一个残酷的事实是：这种怒火发泄时，是有意回避想霸占她的贾赦的。其情感宣泄越激烈，越表现出她陷于奴婢困境没有自由的无奈。

上述讨论把语体问题分为三个方面只是一种权宜之计，在许多场合，这几个方面是交融在一起的。语言作为一种交流方式，与其所传递的社会文化内容如同纸之两面无法剥离。谈论语体问题，必然涉及人的心灵及社会文化等问题。

换句话说，在向人的内部心灵世界和社会文化的外部世界同步拓展时，语体的多样化提供了有力的伸展触角。这是文学研究，也是文化研究具有整体视野的必然结果。

不过，忽视这种整体视野，以割裂的、碎片化的方式来接受语体的表达，可能也是人们留恋而不忍割舍的阅读习惯，是一种机械思维或者说趣味主义的陋习。从这一角度说，《红楼梦》似乎也为这种接受的陋习提供了反讽式理解的案例。

在第七十八回，贾政要求宝玉创作《姽婳词》，题咏一位女英雄林四娘。该词所蕴含的激越而又悲剧性的主题，即"何事文武立朝纲，不及闺中林四娘。我为四娘长太息，歌成余意尚彷徨"，并没有得到贾政及周边清客的太多理会。

在宝玉创作的过程中，周边人始终对其用词喝彩，什么"古朴老健""流利飘荡"，这当然是清客的奉承，但我们可以想象宝玉创作该词的悲愤。因为也是在这一回，他还写下了痛哭晴雯去世的《芙蓉女儿诔》，历史题材与现实题材之间，构成了思想和情感上的对照性理解。

但这种对照性却只能停留在语言层面，因为就贾宝玉来说，他只能在语言层面来宣泄自己的情感，表达对社会的不满，不能把他的不满落实到具体的行动上。

而周边的人则走得更远，他们除了赏玩一下语言形式，思想内容一概忽略了。在这里，诗词韵文与叙事内容的交替呈现，在表面的结合中反映出一种内在理解的深刻断裂。这样的结果，是不能不引起我们读者警惕的。

三 《红楼梦》版本知多少

当年，胡适在《红楼梦考证》中感叹有关《红楼梦》作者和版本的材料太少，研究起来相当困难。一百年过去了，有关作者本人的材料并没有增加太多，倒是发现的清代各种小说版本增加了许多，但丰富给研究又带来了另一种困难，让人陷入理不清版本演变的困惑中。

除开现当代学者采用新式标点的各种校注、评点整理本，有关《红楼梦》的版本主要分为两大系统：其一是脂（脂砚斋）本系统，其二就是程（程伟元）本（或称程印本、程高本）系统。

1. 脂砚斋抄本好在哪儿？

脂本主要指乾隆年间流传的有脂砚斋等人评语的手抄

本，个别印本如有正本，以及有些已把评语删除殆尽的抄
本也包括在内。目前保存下来的抄本，都是经过别人多次
转抄过录的，既非脂砚斋评点时直接使用的底本，更不是
作者的手稿本，而且录完后又有补充抄写，给版本演变的
判断带来不少麻烦。

（1）脂本简介

现存这些过录的抄本大致可以分为三类：早期脂本、
晚期脂本和存疑脂本。

早期脂本。有甲戌本、己卯本、庚辰本三种。甲戌
本，是乾隆十九年（甲戌年，1754）脂砚斋抄阅评点的本
子，因为相比于己卯本在乾隆二十四年（1759）抄阅评点、
庚辰本在乾隆二十五年（1760）抄阅评点都早，所以一般
认为其底本是所有脂本的祖本（也有人认为甲戌年是开始抄
写的日期，那就不是最早了），尽管现在保存下来的甲戌本
的转抄年代未必是最早的。

甲戌本保存下十六回；己卯本保存了四十三回加两
个半回，其中有两回是后来补抄进去的，所以严格来说

脂观斋重评石头记

脂硯齋重評石頭記

凡例

紅樓夢旨義　是書題名也又曰風月
寶鑑是戒妄動風月之情又曰石頭
記是自譬石頭所記之事也此三
名皆書中曾已點睛矣如寶玉作夢
夢中有曲名曰紅樓夢十
二支此則紅樓夢之點睛又如
道人持一鏡來上面即鏨風月
寶鑑四字此則風月寶鑑之點睛
石上大書一篇故事則係石頭所記之熙睛處然此書又名曰
來此則石頭記之熙睛處然此書又名曰

早期脂本之一
甲戌本书影。

早期脂本之一
庚辰本书影。

是四十一回加两个半回；庚辰本存七十八回（其中缺第六十四和第六十七回，第十七和第十八回尚未分开）。

这三个抄本都题名为《脂砚斋重评石头记》，都是在曹雪芹去世前就流传的，且其中保留有大量脂砚斋等人的评语，所以无论就正文还是评语来说，都相当珍贵。

晚期脂本。有戚序本、列藏本、蒙府本、舒序本、甲辰本、杨藏本等。

戚序本又细分为有正本（清末民初上海有正书局石印出版，又分大字本和小字本）和南京图书馆收藏的南图本等。有正本和南图本都存前八十回，前面有乾隆进士戚蓼生写的序，除正文稍有一些差异外，在保留早期脂本的部分批语外，均将批语的署名和纪年删除，又添加了一些别家批语。

列藏本是俄国人库尔良采夫在道光十二年（1832）从北京带入俄国的，现收藏于俄罗斯科学院东方研究所列宁格勒分所，故称列藏本。列宁格勒更名为彼得堡后，有人也因此将之改称为彼藏本，或称库本。书名《石头记》

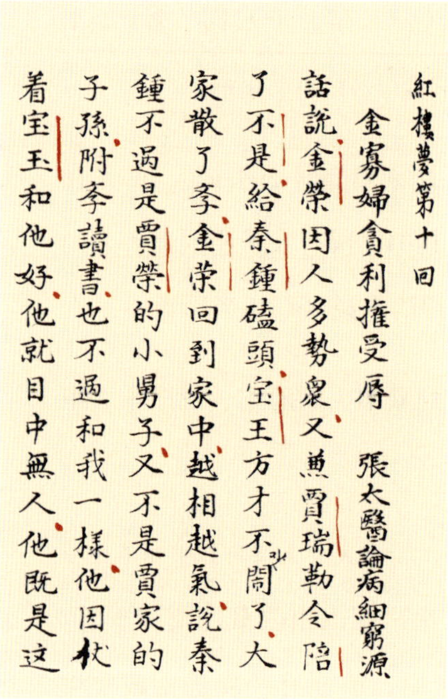
紅樓夢第十回
金寡婦貪利權受辱　張太醫論病細窮源
話說金榮因人多勢衆又兼賈瑞勒令陪
了不是給秦鍾磕頭宝玉方才不閙了大
家散了学金荣回到家中越想越氣說秦
鍾不過是賈蓉的小舅子又不是賈家的
子孫附学讀書也不過和我一樣他因仗
着宝玉和他好他就目中無人他既是这

晚期脂本之一列藏本书影。

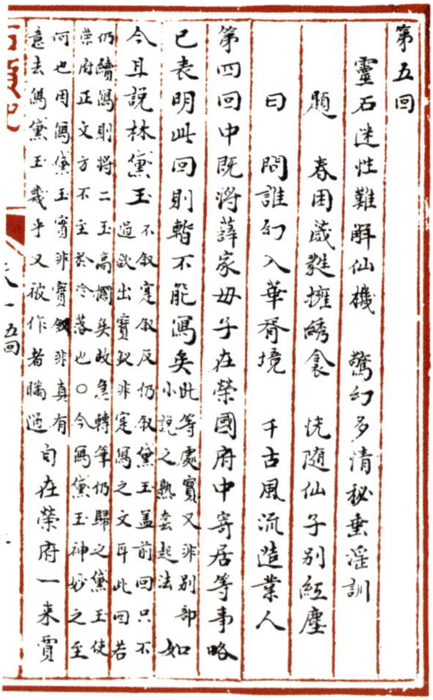
第五回
靈石迷性難解仙機　警幻多情秘垂淫訓
題
春困葳蕤擁繡衾　恍隨仙子別紅塵
曰
問誰幻入華胥境　千古風流造業人
第四回中既將薛家母子在榮國府中寄居等事略
已表明此回則暫不能寫矣此等處實又非別部小說之熟套起法如
今且說林黛玉不叙寶釵反仍叙黛玉蓋前回只不過欲出寶釵非實寫之文耳此回若仍續寫則將二玉高擱矣故急轉筆仍歸至黛玉使榮府正文方不至於冷落也○今寫黛玉神妙之至何也因寫黛玉寶非寶釵非真有意去寫黛玉幾乎又被作者瞞過自在榮府一來賈

晚期脂本之一蒙府本书影。

（偶有回前题作《红楼梦》），存七十八回（缺第五、第六回，最后两回没分开），批语有不同于脂批的地方。

蒙府本原为蒙古王府藏本，书名《石头记》，有一百二十回，前八十回正文接近戚序本，后四十回根据程本抄补，批语有六百余条不同于脂评。

舒序本前有舒元炜序，存前四十回。

甲辰本前有梦觉主人序，落款时间为甲辰岁，故题名甲辰本，也有称梦觉本、梦序本的。存前八十回，有红学家认为是程甲本整理的底本之一。

杨藏本，是杨继振收藏的题名为《乾隆抄本百廿回红楼梦稿》，故又称梦稿本。此本是依据多种抄本拼抄而成，后四十回则综合了程甲本和程乙本的文字。

最后提及的三种脂本，除甲辰本还保存有一部分批语外，其余两种批语都基本被删除，书名都题为《红楼梦》。

存疑脂本。一是指神秘的靖本，是靖应鹍藏本的简称，至今未见露面，仅有人从中抄录一部分批语传世。另一是晚近出现的卞亦文藏本，仅存前十回正文和五十八条回目。对靖本是否存在以及卞藏本是清代还是现代人抄本，至今仍莫衷一是。

（2）脂本评价

如前所述，早期脂本中，庚辰本保留的前八十回文字最多，所以引起一些红学家的特别关注，并成为红楼梦研究所新校注本依据的底本。如果不考虑抄手留下较多抄写的失误外，其依据的底本还是有相当质量的。这里举一例说明。

庚辰本第四十回写刘姥姥跟随贾母游大观园，正是吃早饭时间，仆妇们问食盒放到哪里开饭，当时大家正往探春住所走，贾母就说了一句"你三妹妹那里就好"。其他脂本一概省去"就"字，写的是"你三妹妹那里好"，只有己卯本在"好"字旁有朱笔添加的小字"就"。

这里，诸本省略一个"就"字，很不妥当，把本来是基于去探春屋里的前提一并抹去了。这样，选择在探春屋里开早饭，成为一个泛泛的"好"的判断，也失去了贾母说话应有的那种稳重和妥帖。

当然，其他脂本，特别是仅存十六回的甲戌本，同样有不可替代的重要价值。比如第一回关于顽石与一僧一道的对话，共四百余字，甲戌本是最完整的，应该最接近原本状态。周绍良认为，是庚辰本的抄写者多翻了一页，造成了残缺。虽然抄写者作了文字衔接，但内容断裂的痕迹依然明显。再比如，第三回对宝玉的肖像描写，各本差异较大，排列如下：

甲戌本（己卯、舒序、杨藏基本同）：面若中秋之月，色如春晓之花，鬓若刀裁，眉如墨画，眼似桃瓣，睛若秋波。

蒙府本、戚序本、列藏本：面若中秋之月，色如春晓之花，鬓若刀裁，眉如墨画，脸若桃瓣，睛若秋波。

庚辰本：面若中秋之月，色如春晓之花，鬓若刀裁，眉如墨画，面如桃瓣，目若秋波。

甲辰本：面若中秋之月，色如春晓之花，鬓刀（如）刀裁，眉如墨画，鼻如悬胆，睛若秋波。

正如杨传镛所说，这里关键的改动，都是针对甲戌本的"眼似桃瓣"而来。但甲戌本写得并不错，这是用桃瓣来比喻大大、圆圆、一角尖翘的美丽眼睛。将眼和睛分开写也是有道理的，前者指轮廓，后者指眼珠。庚辰等版本改为"面"或者"脸"之类外形如"桃瓣"，就跟前面的"面若中秋之月"重复，而换上"鼻如悬胆"形容，不但是用烂的套语，而且放在这里形容一个小男孩，也不协调。

此外，晚期脂本也有一定参照阅读价值。比如，舒序本的第九回结尾与其他脂本都不同；郑振铎收藏的版本（简称郑藏本）有关小红自报家门的描写，是其他脂本所没有的。诸如此类，不再详细介绍。

由于《红楼梦》的创作有多次修改，这种修改并不是推倒重来的全新开始，修改稿中也吸纳了较多早期的篇章，而不同时期的稿本都有可能在社会流传，并被他人增补转抄，这样，要对现存的脂本梳理出不同版本之间演变的清晰脉络相当困难。

目前来看，有两种方式的梳理值得参考。

其一，如张爱玲、刘世德所主张的，先从局部入手，深入研究相同章回或者相同段落的传承关系，在积累片段梳理的基础上，来建构整体版本演变的可能性。

其二，如杨传镛那样，不是专注于单一版本，而是从宏观层面来筛选多种版本的共同特征，建构脂本的整体系统。如他所初步构想的，甲戌本是一切脂砚斋抄本的祖本，并延伸出己卯本和庚辰本的混合本，再发展为脂砚斋抄本的两大系统：一个是己卯本、庚辰本、蒙府本、戚序本系统，另外一个是甲戌本、舒序本、列藏本和杨藏本系统。这样的大系统建构，如果借助于当代大数据处理，也许会有所突破。

2. 程高本后四十回是狗尾续貂吗？

程本主要指乾隆五十六年（1791）和五十七年（1792）由萃文书屋两次木活字摆印的本子，前后两次各称为程甲本和程乙本。虽然顾鸣塘等学者认为也有第三次修改印刷

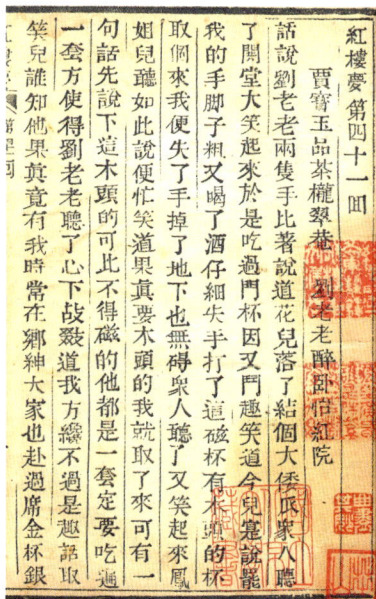

清代程乙本书影。

的程丙本，但因为正文改动不多，较少被人提及。

此书共有一百二十回，有程伟元、高鹗的序。后四十回文字本来就存在，还是程伟元邀请高鹗在既有残稿的基础上修补完成，或者完全是他们自己的创作，目前学术界未取得一致见解。但更多人倾向认为并非他们原创，但也未必是曹雪芹的手笔，所以晚近的红楼梦研究所新校注本，把后四十回的作者署名为"无名氏"，程伟元和高鹗是整理者。

（1）关于程本的后四十回评价

研究和评价《红楼梦》程本系统的后四十回（下文省称"后四十回"），也是一个红学热点。它涉及后四十回的作者、后四十回与前八十回的关系、后四十回的完成过程以及后四十回的评价等诸多问题。从普通读者立场出发，后四十回与前八十回的关系及后四十回的评价这两大问题（这两大问题常被放在一起讨论），尤为引人关注。

至于这后四十回的作者究竟是曹雪芹本人还是高鹗，或者是一个尚不为人知的佚名作者，还有，现在读到的后四十回究竟是其中掺杂了一部分原稿还是续作者的全新创作，对这些问题，普通读者的兴趣可能不是很大。

怎么看待这后四十回，有人引杨绛的话说：

如果没有高鹗的后四十回，前八十回就黯然失色，因为故事没个结局是残缺的，没意思的。

这话说得很对，但可以用当年何其芳的话，分两层来理解：第一，因为有后四十回，小说完整了，推动了小说的传播；第二，也正因为有还算成功的后四十回存在，才把前八十回衬托得更伟大，更光彩夺目。

所以，所谓没有后四十回前八十回就会黯然失色，对此应该作辩证理解。

就我个人而言，虽然对后四十回的总体思想艺术评价并不很高，但也不得不承认，后四十回比之各种《红楼梦》续作，仍然是成就最高的。当代曾有一位著名作家续写了《红楼梦》，并说他的续写如果失败，可以用来证明前八十回的伟大。可惜这话是说错的，因为前八十回的伟大已经有后四十回证明了，而他的续作和清代的许多续《红楼梦》一样，不过是证明了程印本后四十回还算出色。

《红楼梦》的内容纷繁复杂，前八十回展开的宏大画卷，让后继者面临很大的挑战。但是，后四十回中在不同段落出现的三个重要情节设计，显示了续作者对前八十回基本的把握态度。

其一，作为个人生活层面上的贾宝玉与黛钗的感情与婚姻，最先在第九十七、九十八两回得到了归结。

其二，家族之衰败，则是在第一百零五回锦衣卫查抄宁国府的内容中，有了一种聚焦式的展现（而且抄家描写之生动，是少数几回可以媲美前八十回的优秀章节）。

其三，情感与家族衰败这两条线索，则又在第一百十六回贾宝玉重游太虚幻境以及第一百二十回甄士隐与贾雨村的相遇，在宗教哲学意义上归结了《红楼梦》全书。

这样的内容，大致接近《红楼梦》前八十回预定的发展轨迹。也就是说，纵然后来有兰桂齐芳、家族小振兴的内容，但基本的悲剧性没有发生根本变化。

不过，后四十回与前八十回的思想艺术层次仍有相当的落差。表现之一，就是续作者在不少场合，把前八十回逐渐弥漫开的一种诗的毁灭悲剧，简单等同于诗意丧失的闹剧。而心灵的、精神世界的肉体化，正可以成为观察这种前后变化和评价后四十回价值的一个视角。

我这样说，决不意味着前八十回的情节凡是涉及人与人的私情，都属于精神恋。在前八十回，小说既写了贾瑞对凤姐的肉的欲望，也写了贾琏与鲍二家的、秦钟与智能、茗烟与卍儿，乃至贾珍父子与二尤的肉的私情，而宝玉与袭人同领警幻之事，更是大家熟悉的。

但与此同时，那种心灵的吸引、精神世界的互相契合，也在贾宝玉与林黛玉、与晴雯等人之间展开着。用贾宝玉的话来说，林黛玉从来不说经济之道的"混账话"，所以他在与黛玉的亲昵中带有深深的敬重之意。

既为了对方的一颗心，也为自己的一颗心，这种将心比心的走心交流，在前八十回的宝黛之间是多次发生的。它激动着身处其间的男女主人公，也让读者受到极大感染。

不幸的是，这种来自心灵的、精神世界的交流，在后四十回发生了质的变化。

第八十二回，为了照应前文宝玉要黛玉理解他的心的表白，居然让黛玉在梦中见到令人惊颤的一幕。小说写宝玉还真的把自己的心都掏了出来，说："你不信我的话，你就瞧瞧我的心。"一边说，一边就拿着一把小刀往胸口一划，只见鲜血直流。而这一天半夜，宝玉也突然害起心疼，有如被刀割的感觉。

在这里，心理意义的心，变成生理意义的心，并把一颗肉质的心活生生从胸膛里掏出来给对方看。虽然作者让这一情节发生在梦境里，但营造出如此感官刺激的效果，还是与小说原有的那种诗的总体表达大相径庭的。

此外，贾宝玉对晴雯的特殊感情有目共睹，晴雯对宝玉也有如病补孔雀裘的惺惺惜惜，生前还留下枉担虚名的感叹。所以在后四十回里，续作者通过"五儿承错爱"的戏剧性一幕，用肉欲问题坐实了晴雯枉担虚名的指向。小说写小丫鬟柳五儿和晴雯长得十分相似，所以宝玉把原来对晴雯的心思用到了柳五儿身上。当时，宝玉面对着送茶的柳五儿：

忽又想起晴雯说的"早知担个虚名，也就打个正经主意了"，不觉呆呆的呆看，也不接茶。

这里，宝玉引出了晴雯对枉担虚名的遗憾，随后就将这话直接说给柳五儿听，从而把宝玉对柳五儿的情感欲求彻底肉体化了，结果让已经去世的晴雯还遭到了柳五儿的严厉指责。

虽然对晴雯来说，枉担虚名多少有些遗憾，但这种

晴雯病补孔雀裘
选自清改琦绘《红楼梦图咏》。

晴雯病补孔雀裘
选自清《红楼梦赋图册》。

遮遮掩掩穿芳径

柳五儿，选自《新评绣像红楼梦全传》。秉晴雯之姿而承错爱。"遮遮掩掩穿芳径"，言其心怀忐忑亲近贾宝玉。

遗憾，恰恰是因为王夫人等把罪名强加于她头上才引发的。就她与贾宝玉来说，本来的那种感情的真挚与深厚，知音式的互相理解，并不因为虚名而打了折扣，甚至无所谓虚名不虚名。

或者说，枉担虚名的遗憾既可以指向灵与肉一体化的结合欢愉，也未尝不可以指把感情发展为一种虚幻的、空灵的状态，与肉欲隔开一定距离，使他们至死都有一种精神恋的感觉。

这样，前八十回中正因为没有说透因枉担虚名引出的实际指向的模糊性和不确定性，才留给读者一种想象的、不落地的诗意。但是，当贾宝玉面对柳五儿暗示要"打正经主意"时，那种指向肉体的单一性、实在性，就把小说原有的含蓄诗意感消解了。

以心灵的肉体化作为一种戏剧冲突的因子，在后四十回并非少见。当作为出家人的妙玉在前八十回已经陷入情感的泥潭时，续作者还要以入室强盗对她的轻薄，来把这种"欲洁何曾洁"的佛教意义上的情染进一步世俗化为肉体的玷污。

这样，后四十回用较多篇幅写夏金桂对薛蝌的大胆挑逗撩拨，就不奇怪了。其中有些描写，跟《金瓶梅》中潘金莲挑逗西门庆的女婿陈经济已经十分相似。虽然这样的描写不是说不可以有，也能吸引相当一部分读者的注意力，但《红楼梦》最具特色的地方恰恰不在这里。

妙玉，选自《新评绣像红楼梦全传》。"真假"，言其"僧不僧俗不俗"的性格特点。

总之，放弃了前八十回充

满诗意的心灵紧张感描写，这既是价值取向的改变，也未必不是后四十回作者才力不逮的表现。

（2）程本对前八十回的改动

除了补上后四十回外，程本还对前八十回作了不少文字的改动。这种改动大致可以分为三种情况。

第一，脂本各种抄写失误或描写失误而在程甲本或程乙本中得到纠正的。比如第三十七回探春发起成立诗社，大家七嘴八舌给宝玉起别号，宝玉说可以让大家随便叫，程乙本这里插入一句黛玉的话及众人的反应："'混叫如何使得。你既住怡红院，索性叫怡红公子不好？'众人道也好。"这里的交代是各脂本所没有的，但确实有添加的必要，因为后文写李纨评诗排名次，就说怡红公子压尾。没有程乙本添加的黛玉一句话，李纨突然说怡红公子，就有点莫名其妙。

第二，程本改动的文字明显不如庚辰本，但又是不得不修改的。这样的改动，我们表示理解。比如第五回有关咏叹迎春嫁给孙绍祖的曲子《喜冤家》，其中一句写孙绍祖，庚辰本是"一味的骄奢淫荡贪还构"，程甲本和程乙本都作"一味的骄奢淫荡贪欢媾"。这里，"贪欢媾"重复了"淫荡"，不及庚辰本言简意赅。但程本这样改，又是合理的。因为孙绍祖"构陷"贾家，是作者原来的构思，但在程本的续作中，并没有呈现这方面内容，小说主要写了他的淫荡和对迎春的欺凌。这样，修改曲词，其实也是为了与后文保持一致。这样的改动，虽然掩盖了曹雪芹原来的构思，但从情节整体角度考虑，有其存在的合理性。这样的改动还是比较多的。

贾迎春，选自《新评绣像红楼梦全传》。"体态是温柔性格是沉"，言其温柔沉静，个性软弱。

第三，程本对脂本的改动，特别是程乙本对程甲本的改动，当年的王佩璋、晚近的刘世德都认为是越改越坏。这样的例子不在少数，这里举几个来说明。

先看程本对脂本的改动。

第二十八回写宝玉唱《红豆曲》，其中有一句唱词是"咽不下玉粒金莼噎满喉"，玉粒是指米饭，金莼是指莼菜，显示出江南地域特色。而程本把"金莼"改为"金波"，不但模糊了这种特色，而且让饮料噎喉，在逻辑上也讲不通。

再看程乙本对程甲本的改动。

第七回写周瑞家的送宫花，对黛玉说："各位都有了，这两枝是姑娘的了。"这是大多数版本都相同的文字，程乙本把第二个"了"字删掉了。虽然只删掉一个"了"，似乎显得更为简洁，但感觉完全不一样。周瑞家的用这两个"了"，其实是在反复强调一切都安排妥妥的意思。也许她误以为黛玉不好意思单独拿，所以特意告知黛玉，让黛玉放心。但是后面这个"了"字删掉以后，这层意思给弱化了。那种戏剧性翻转的冲突，也弱化了。

再看一例。宝玉挨打后，宝钗去探望，脂本写的是：

（宝钗）便点头叹道："早听人一句话，也不至今日。

别说老太太、太太心疼，就是我们看着，心里也疼。"刚说了半句又忙咽住，自悔说的话急了，不觉的就红了脸，低下头来。

这段文字，程甲本删除"心里也疼"中的"疼"字，以便和"刚说了半句"自洽起来，似乎没问题，而程乙本的改动就大了：

（宝钗）便点头叹道："早听人一句话，也不至有今日！别说老太太、太太心疼，就是我们看着，心里也……"刚说了半句，又忙咽住，不觉眼圈微红，双腮带赤，低头不语了。

从逻辑上看，程乙本把宝钗说的那个"疼"字删除，是符合"刚说了半句"这一描写的。但接下去，庚辰本写了宝钗的心理活动，是"自悔说的话急了"，而程乙本全部改为对害羞神态的描写。这样，描写的层次就单调了，而且，庚辰本中的这句心理描写意义非常大。

庚辰本中宝钗没有觉得自己说了不该说的话，仅仅是"自悔说的话急了"，这其实揭示出宝钗的内心深处是多么自觉地压制了情感的表达，甚至当这种情感脱口而出时，她已经无意间为自己找了一个可以接受的理由，也就是"说的话急了"——把内容问题弱化成一个形式问题。

当然，在这个例子中，程乙本的文字本身并不是一种错误，甚至和程甲本一样，删除了"疼"字，更符合逻辑。但相比脂本包括程甲本的总体表达，程乙本艺术的生动性和思想的深刻性都是打了折扣的。

3. 现代普及本的贡献

1920年代，上海亚东图书馆用新式标点出版《红楼梦》，开启了现代整理《红楼梦》普及读物的先河。此后，各种标点、校勘、注释《红楼梦》的普及读物举不胜举。这里择要介绍几种。

（1）人民文学出版社的两种《红楼梦》普及本

人民文学出版社最重要的《红楼梦》普及本有两种：其一是 1957 年出版的以程乙本为底本的整理本，周汝昌、周绍良、李易点校，启功注释。该书多次再版，10 多次印刷，风行二十多年。其二是以庚辰本为底本，所缺部分以程甲本补配的新校注本。新校注本由冯其庸、李希凡领衔，以中国艺术研究院红楼梦研究所为基本队伍，并吸纳了全国多名红学专家参加校注整理。1982 年推出第 1 版，至 2008 年已修订出版了第 3 版，成为目前发行最广的《红楼梦》普及本，取代了此前流行的以程乙本为底本的整理本。

关于新校注本在思想艺术上对以前用程乙本作底本的整理本的超越，参与校注工作的吕启祥曾有长文《红楼梦新校本校读记》予以分析，优点说得很明显。但白先勇坚持认为老的整理本优于新校注本，我不敢苟同，写过文章《一本向平庸致敬的红学著作》予以反驳，这里不再饶舌。

平心而论，新校注本也不是完美无缺的，虽然经过三次修订，仍留有一些校注方面的遗憾，有待改进。周中明、杨传镛、石问之等学者都撰文有过讨论。这里我斟酌其他学者的意见，举两例来分析。

第二十一回写平儿给贾琏收拾铺盖，发现了一缕女人头发。贾琏把平儿按在炕上来抢夺，又赔笑说："好人，赏我罢，我再不赌狠了。"接下来的一段描写，不同版本的文字是：

庚辰本：一语未了 / 只听凤姐声音进来 / 他知道 / 平儿刚起身 / 凤姐已走进来

列藏本：一语未了 / 只听凤姐声音进来 / 贾琏听见松了手 / 平儿只刚起身 / 凤姐已走进来

好教我左右做人难

平儿，选自《新评绣像红楼梦全传》。王熙凤的大丫鬟，贾琏通房丫头。"好教我左右做人难"，言其在凤姐之威与贾琏之淫间周旋不易。特指贾琏在凤姐生日与人苟且，言语夹带平儿，使平儿受凤姐掌掴。

蒙府本：一语未了／只听凤姐声音进来／平儿刚起身／凤姐已走进来

舒序本、甲辰本、杨藏本：忽听凤姐声音进来／贾琏听见／松了手不是／还要抢又不是／只叫／好人／别叫他知道／平儿刚起身／凤姐已走进来

在庚辰本中，"他知道"前还有嵌入的小字"都怕"，因为读不通，才有这样的补救处理。但如果对照舒序本、甲辰本等，就可以推断前面漏抄了 21 个字，并且可以进一步推断，列藏本比蒙府本多出的"贾琏听见松了手"这一句，是漏抄 21 字的开头部分，放在这里勉强通顺。蒙府本没有，前后就不连贯。如果没有庚辰本的孤零零的"他知道"3 个字，也许我们还可以猜想，舒序本等多出的那 21 个字，也许是从列藏本的底本中扩写出来的。可惜的是，新校注本最后采用的是列藏本的处理办法，把"他知道"和嵌入的小字"都怕"替换成"贾琏听见松了手"，成为这个样子：

一语未了，只听凤姐声音进来。贾琏听见松了手，平儿刚起身，凤姐已走进来。

对此处理，杨传镛引述了此处的脂评："惊天骇地之文！不知如何了结，使贾琏与观者一齐丧胆！"然后加以点评说，如此"风平浪静"，"让人不禁气短！"还是有一定道理的，因为删除的正好是关于贾琏紧张状态的描写，本可以烘托出的那种紧张气氛，被弱化了许多。

再如，第三十七回写探春发起成立诗社，发帖约宝玉来商量，帖子的结尾是："若蒙掉雪而来，娣则扫花以待。"新校注本把"掉雪"改为"棹雪"，出校记："'棹雪'原作'掉雪'，从舒序本改。"令人奇怪的是，"棹雪"有雪中摇船的意思，"掉

忒聪明忒煞思

贾探春，选自《新评绣像红楼梦全传》。"忒聪明忒煞思"，言其敏慧，海棠结社、探春理家皆显其敏慧。

雪"也有同样的意思,语言学者徐时仪有专文讨论此词义的演变问题,还举出一些诗文小说中的例子,如唐刘商《合肥至日愁中寄郑明府》:"鱼竿今尚在,行此掉沧浪。"又如《古今小说》卷十二:"临窗而望,乃是一群儿童掉了小船,在湖上戏水采莲。"如果是因为"掉"解释为摇船不常用,出注解就可以,而不应该更改原文,否则就没能贯彻该校注标明的"凡底本文字可通者,悉仍其旧"的原则。

类似的一些瑕疵,在再次修订时,也许值得再推敲。

(2)两种颇具特色的个人整理本

在个人的现代整理本中,俞平伯《红楼梦八十回校本》也许算是最另类了。书分上下两册。以戚序本为底本,校以其他版本,并以《校字记》一册和程本后四十回一册作为附录。该书 1958 年首次出版。

在程本广为出版传播时,俞平伯首次出版了以脂本为底本的校勘本,这当然是特色,但最令人惊讶的是,在读者已经熟悉一百二十回本时,像这样明确把程本后四十回作为附录来处理，有意强调前后的断裂，还是需要一定勇气的。据说晚年的俞平伯对自己否定后四十回的做法颇为后悔，说胡适和自己腰斩了《红楼梦》，是罪人，并大赞程伟元、高鹗续作。因语气过于绝对，让人觉得有反讽的味道，这里不便讨论。关键是，前八十回用脂本、后四十回用程本来整理一个完整的普及本，这种提醒读者是前后拼接的做法，仍有其特殊意义。

因为是两种版本系统拼接，前后难免会有一些无法自洽的内容，这不但是由于补续者对思想艺术的理解不同于曹雪芹，而且在程本系统中，当续作者补上后四十回内容时，曾对前八十回作了较多的文字删改，以保持前后的一致，但当代点校整理者是不会这样做的。于是，阅读以脂本为底本的整理本时，最好能参考程本的整理本，这样就可以明白，不少前后描写不协调的问题，可能是两个版本系统拼接以后才带来的。

比如，有学者举《红楼梦》前八十回为例，说明开始时，贾政固然是逼迫宝玉读书走科举之路，父子之间还起了很大的冲突，但是这种冲突到八十回的最后阶段有了改变。第七十八回一段有关贾政的心理描写，说明贾政已对名利灰心，所以不再逼迫宝玉走科举之路，对宝玉的态度也和缓不少。但是后四十回却没有循这条变化的脉络发展下去，而是把"贾政转过来的脖子硬生生给扭回去了"——贾政又开始逼迫起宝玉走科举路了。好像小说写人物也太变来变去了，没有注意脉络的顺通。

问题是，第七十八回有关贾政思想态度变化的那段描写，主要存在于脂抄本系统，在程本系统中是全部没有的，程本系统中其对贾宝玉强硬的态度，是一以贯之的。只是由于把不同版本系统拼接阅读后，才发生了逻辑不能自洽的问题。而如果读俞平伯整理本，意识到前后的自然断裂问题，类似上述的疑问就不大可能产生。

还需要推荐的个人整理本，是以校注评三位一体显示特色的《蔡义江新评红楼梦》。蔡义江校勘的正文，把所有的脂本和两种程本作为整理的依据，不固定某一种底本，根据情理重新整理文字，在此前提下，他对甲戌本文字处理多有推重，在校注中大多作了说明。他曾以《红楼梦诗词曲赋鉴赏》大受欢迎，在注释中对小说提及的诗词曲的出典多有揭示，也显示了特色；他结合脂砚斋等人的评语，评《红楼梦》文本，也评脂评，显示了多重对话的意义。他对程本特别是程乙本竭力贬低、毫不妥协的立场，非常鲜明。如果结合张俊、沈治钧推崇程乙本的《新批校注红楼梦》一书来对照阅读，也许更客观，也更有意思。

曹氏家族兴衰路

　　虽然钱锺书曾把看了书还想了解作者的读者戏称为吃了鸡蛋还想看母鸡的人，而一些学者也批评研究《红楼梦》把精力投注于作者及其家族历史的，不是红学家而是曹学家，但不带贬义的"曹学"依然有存在的价值。

　　这一方面是因为小说与作者无法截然分开，"知人论世"的古训，对即便是以虚构为主的小说也同样适用；更重要的是，《红楼梦》带有一定的自传色彩，作者及其家族的特殊境遇，对其创作而言有着非同寻常的意义，在一定程度上也说明了，正是曹雪芹，而不是当下某些人一厢情愿所认为的清代某诗人或戏曲家，最有可能成为《红楼梦》的作者。

1. 织造世家昭示的"天恩祖德"

（1）包衣世家和曹寅地位

《红楼梦》开头有一段小序，追溯了作者以往过着"锦衣纨绔"生活所依赖的"天恩祖德"。元妃省亲，贾政也以天恩祖德来概括，所谓"上锡天恩，下昭祖德"。"天恩祖德"昭示了曹家所蒙受的皇恩和家族的辉煌过去。

这里我们来简单追溯一下曹家的世系。

曹雪芹五世祖曹世选和高祖曹振彦父子，都是明末驻守在东北的下级军官，被崛起的后金打败后归顺到多尔衮的正白旗，后成为隶属于皇家内务府的包衣。"包衣"为满语音译，意译是"家奴"，直译是"家里的""家的"。曹家是皇家包衣，给内务府打工，固然不错，但这一身份又是世代延续的，即使享受了极高待遇，其奴才身份却无法改变。无法更改的主奴关系，在小说中就有深刻的反映。

曹氏家族从曾祖曹玺开始登上新台阶，生活就发生了新变化。

康熙二年（1663）曹玺因戡乱有功，出任江宁织造。明代时，织造由太监担任，清初废除太监后，又从内务府挑人三年轮换。但曹玺上任，到病亡也没再换人，加上曹玺儿子曹寅，孙子曹颙、曹頫继任，一直到雍正五年年底被查抄后回到北方，曹家在江南生活有六十余年。

江宁织造属内务府派出机构，表面看是为皇家督办纺织用品，但实际还起着监察江南官场、访查民情、沟通信息、充当皇帝耳目的作用。因为有直接向皇帝上奏折的权力，所以被视为"呼吸通帝座"者。虽然官品为正五品，但让地方督抚们也有所忌惮，遇见了会行宾主礼，原因即所谓"实恐臣等内员，一遇事件即行入告"。

曹玺妻子是照顾康熙皇帝的保姆孙氏，孙氏为曹玺生下了次子曹宣。据朱淡文等学者考证，曹玺纳明代遗民顾景星妹妹为妾，生下长子曹寅。曹寅天资聪慧，从小就被视为神童，是康熙皇帝的伴读，两个人感情非常好，传说读书时，还顶替过犯错的皇帝来挨老师的揍。曹寅虽是庶出，但因为本人的资质和与康熙帝的特殊关系，康熙二十三年（1684）曹玺在江宁织造任上去世后，康熙帝没有让他的嫡子曹宣继承职位，而是先让其他人继任。而曹寅经过一段时间过渡，先在内务府任职，康熙二十九年（1690）又去担任苏州织造，直到康熙三十一年（1692）才正式开始接任江宁织造。

研究者认为，这是为了给外人，当然主要是为了给曹玺的妻子孙氏和嫡子曹宣制造一个假象（毕竟孙氏是康熙帝的保姆，惹她生气没必要），曹寅作为庶出的长子，不是直接继承父业的，而是朝廷后来任命的。

不过，曹寅在江宁织造任上，确实风光十足，一方面作为担任苏州织造的李煦的表妹夫与李煦轮流兼任两淮巡盐史十年，另外也得到了三品通政使的头衔，虽然是虚衔，但曹宣跟他已经没法比了。江宁织造的特殊政治地位，巡盐史的肥缺，再加上三品的头衔，都是曹宣不能望其项背的。曹宣终其一生，也只在京城担任了六品司库。更不用说康熙六次南巡，有四次是曹寅接待，那是何等的荣耀。

不知是出于天性善良、顾念兄弟情，还是得到皇帝非常待遇的内疚，或是为了弥合嫡庶间待遇反差太大的矛盾，曹寅对嫡母孙氏克尽孝道，对曹宣一家做出了许多补偿。他几乎放弃了曹玺的遗产继承权，也出资抚养了曹宣的四个儿子，后来自己的独子曹颙去世后，又把曹宣的小儿子曹頫过继来。他遍种萱草，表达对嫡母的爱；他把自己的书房命名为西堂，自比谢灵运，比曹宣为谢惠连，来寄托对曹宣的思念，他写了不少与西堂、与曹宣相关的诗，来体现手足情深。有人说，这也许是一种虚伪，但放在那样的时代、那样的场合，他还能怎么办呢？

康熙对曹寅有无限的恩德，给他带来无限的风光。但在一定程度上可以说，爱之适以害之。让曹寅担任江宁织造，是属于立庶不立嫡，让家族内部有了难以弥合的矛盾。更重要的是，让曹寅担任织造，包括自己屡屡去曹寅家做客，其实都是导致曹家欠下大量债务的直接原因。

虽然有人视江宁织造为肥差，但也有人指出，需要采购的绸缎原料以及支付人工的大量费用，把曹家常常弄到寅吃卯粮不得不举债的地步。而康熙南巡，各种穷奢极侈的招待费用（仅仅是饮食就保持在每顿一百桌的规模），还有内务府太监乃至太子直接索要银两，让曹家留下巨额亏空。《红楼梦》中，作者写元妃省亲的奢侈、写太监对贾家的勒索，其造成的窘况，多少就是对曹家现实遭遇的反映。

康熙五十一年（1712），曹寅病逝。在患病期间，康熙还命人从宫里加急送特效药到江南，但是未能及时赶上。

曹寅去世后，独子曹颙接任江宁织造，可惜曹颙没几年就夭折，曹宣的小儿子曹頫就过继到曹寅一门，以继香火。

（2）遭遇抄家和"不成器"的曹頫

虽然曹頫被认为是曹宣几个儿子中资质最好的，但黄进德等学者认为，他继任江宁织造，似乎缺少经营管理能力，做事也不严谨，甚至失误到在上呈康熙的请安折里写进了报盐差病故的事。还好康熙待曹家一向比较宽厚仁慈，如此犯大忌的事，只批一句道"病故人写在请安折内，甚属不合"，没有跟他去多计较。

康熙帝还在另一份奏折的朱批上说，让曹頫把地方上发生的事不论大小，都可报上，"就是笑话也罢，叫老主子笑笑也好"。这样的亲切态度和好脾气，曹頫很快就享受不到了。

等到雍正皇帝上台，风向一下子大变，给曹頫朱批的口气，严厉得近乎恐怖，什么"主意要拿定，少乱一点，坏朕名声，朕就要重重处分，王子也救不了你"。而针对别人评价曹頫"平常"的奏折，雍正帝的朱批是"原不成器""岂止平常而已"。虽然这是主观评价，话也说得很重，但如果把康熙帝给曹頫的一些朱批结合起来看，也许是能说明他"不成器"的一类问题的。

雍正五年年底临近元宵节时，曹頫遭遇革职和抄家。为何革职？到底是经济原因还是政治原因，学界说法不一。主张经济原因的，说是曹颙在世时虽然已经把曹家亏空还清，但继任的曹頫短短几年，又有了新的亏空。而说政治原因的，是说虽然欠款还清，但曹頫结党营私，令雍正帝不满。

没有异议的是，遭遇查办的直接导火索，是曹頫骚扰驿站。但开始只有革职没有抄家，是因为有人密报曹頫转移家产，雍正帝才下旨抄家。因为转移家产这样的事一般只有家族内部人才知道，所以有人推测是曹宣其他儿子告的密。曹宣的几个儿子本来就不和，向雍正帝告密曹頫转移家产，似乎是在发泄对曹頫过继给曹寅的不满。而这样的互相倾轧，是不是就是探春在遭遇抄检大观园时沉痛说的一番话：

> 可知这样大族人家，若从外头杀来，一时是杀不死的。这是古人曾说的："百足之虫，死而不僵。"必须先从家里自杀自灭起来，才能一败涂地。

雍正六年（1728），败落后的曹家回北京生活。根据档案，他们是在崇文门外蒜市口的十七间半屋子里过日子。其时，曹雪芹大概十三四岁，他是怎么长大的？以后的生活经历是怎样的？他又是如何创作巨著《红楼梦》的？只能根据他交往的朋友（主要是敦敏、敦诚兄弟以及张宜泉等）一鳞半爪的记录，来稍作勾勒。

2. 从美梦中醒来

曹雪芹在江南一共度过了大约十三年的美好时光。江南美食、江南园林，江南锦绣繁华的生活，特别是江南熟悉的"梦中情人"，曾给他留下了美好的记忆。

据说后来他在北京长大后善讲故事，别人只要用江南美食和美酒招待他，就能引发他讲故事的兴趣。又传说他小时候在拙政园小住过一段日子。而当他的朋友敦敏听他回忆江南旧事时，还与他一同感叹"秦淮旧梦人犹在"。有人甚至还推测，当他成年后重游江南故地时，还遇到了少年时的恋人。

但是，他十三岁遭遇的这场变故，让他从天堂跌落到泥潭的印象实在太深刻，所以在《红楼梦》中，不知是有意还是无意，贾宝玉十三岁这一年的生活，成了小说延时最长的一年。从元妃省亲的第十八回，到下一个元宵节的第五十三回，整整有三十六回的篇幅，几乎接近全书一百二十回的三分之一。

这究竟意味着什么？是曹雪芹迈不过去的一个坎？还是他想把十三岁这一年无限延长，让自己沉浸于美梦的时间尽可能久长一点？

甲戌本在第一回写到僧人笑对着英莲念诗句时，所谓"好防佳节元宵后，便是烟消火灭时"，在前一句行侧有朱批："前后一样，不直云前而云后，是讳知者。"如果考虑到曹家被抄正是在元宵节前，那么，这句批语或许是对作者的现实遭遇有所暗示了。

这种时间的暗示，又可以跟空间联系起来，因为《红楼梦》第一回点出，"当日地陷东南，这东南一隅有处曰姑苏"，"姑苏"的行侧朱批有"是金陵"。这样写，是不是为了跟元宵节后的灰飞烟灭联系起来呢？一如金陵的曹家在元宵节前遭遇了灭顶之灾，脂批是不是在给出这样的暗示呢？

败落的曹家迁回北京后，按照旗人制度，曹雪芹进官学读书。但他似乎无意于功名，成年后，有一段时间在朝廷为皇族宗室子弟开设的学校，即"宗学"里当职员，于是结识了宗学的两个学生敦敏、敦诚兄弟。他们的友谊一直持续到曹雪芹去世。凭借他们的诗文，再加上张宜泉的诗以及《红楼梦》抄本中的一些脂批等，世间才留下了关于曹雪芹为人个性和生活的点滴记录。

曹雪芹，姓曹名霑，字梦阮，号芹圃、芹溪居士。他博学多才，善于写诗作画，也喜欢戏曲。他创作的诗歌，风格像李贺，一方面是敦诚有诗加以评价说："爱君诗笔有奇气，直追昌谷破篱樊。"昌谷，即指李贺。另一方面，敦诚把白居易的《琵琶行》改编成戏曲后，曹雪芹对此进行了题咏，保留下两句："白傅诗灵应喜甚，定教蛮素鬼排场。"诗歌取象确有"诗鬼"李贺的那种味道。他爱石，也爱画石，如敦敏的一首诗《题芹圃画石》云：

傲骨如君世已奇，嶙峋更见此支离。
醉余奋扫如椽笔，写出胸中磈礧时。

敦敏的诗告诉我们，曹雪芹是以画笔下的石头来自况的。而他爱石这一点，很像祖父曹寅。不止一位学者撰文

怡红院群芳开夜宴
选自清《红楼梦赋图册》。

指出曹雪芹在精神气质上与曹寅的多方面联系。所以，《红楼梦》提到清虚观的张道士看到宝玉就说跟他祖父长得像，是否也有对现实生活的暗示？

　　敦诚的诗里还提到了曹雪芹的醉，这倒是他的常态。他好饮酒，但经济拮据，常陷入只能靠食粥度日的窘境，但是酒却不能不喝。他常靠卖画变现来买酒喝。敦诚说，有次曹雪芹"酒渴如狂"，敦诚把自己的佩刀当掉买了酒给他喝，"雪芹欢甚，作长歌以谢余"。可惜这长歌没有保存下来，但是从敦诚的答诗中，我们还是可以看到曹雪芹那种英气勃发的豪爽："曹子大笑称快哉，击石作歌声琅琅。"

　　也许，正因为曹雪芹嗜酒如命，其对醉态有深切的体验和感受，所以在《红楼梦》中，能把人物的各种醉态呈现出来，不仅仅是写醉中的胡闹，也写醉中的豪爽（如群芳开

夜宴）和醉中的美（如史湘云醉卧芍药花下），写出那种"醉
里乾坤大"的多姿多彩境界，构成小说中令人难忘的一些
段落。

据记载，曹雪芹后来主要居住在北京西郊，不到三十
岁就开始《红楼梦》的艰难写作。长时间在贫病中生活，
特别是后来他唯一的儿子染上天花去世，给他身心以极大
打击，而《红楼梦》的写作，又消耗了他巨大的心血。他
病倒在床，又没钱请医生诊治，于是在不满五十的年龄就
去世了。

二百多年过去了，除了他在崇文门外蒜市口的十七
间半屋子的地址尚有线索寻觅，他在西山的住处，他的墓
地，早已无处寻觅。但是他留下的《红楼梦》，跨越时空，
成了不朽的杰作。

1. 大团圆：中国式续写

程伟元付印的《红楼梦》一百二十回本是以小说的完成性来显示给世人的，但恰恰是完成性的结局不圆满问题，引发了世人的不满，使得世人更激烈地把小说的续作视为一种未完成，进而导致相当数量的对一百二十回《红楼梦》的续作纷纷问世。

虽然程本系统添加的后四十回未必尽合曹雪芹原意，但基本延续了贾府由盛而衰的发展轨迹，也让黛玉和宝玉的爱情梦想以悲剧收场。这让许多人内心无法释然，因其涉及对梦的本质的理解问题。从贾府盛衰、爱情悲剧角度说，曹雪芹写梦的根本目的不是写人对梦的沉醉，恰恰是写梦中醒来，尽管这梦是那么美好。用时下的话来说，是借诗和远方写出了诗的毁灭和远方的消失。

但许多人不愿接受这一点，他们所理解的梦，就是美梦、是梦中的呓语，是对现实的遮蔽，是如兰皋居士（王露）为其《绮楼重梦》（又名《红楼续梦》等）楔子中所写的：

> 盖原书由盛而衰，所欲多不遂，梦之妖者也；此则由衰而盛，所造无不适，梦之祥者也。

据此，他是以全身心投入梦中，以他的梦幻人生来续作的。所谓：

> 犹忆梦为孩提，梦作嬉戏，梦肄业，梦游庠，梦授室，梦色养，梦居忧，梦续娶，梦远游，梦入成均，梦登科第，梦作宰官临民断狱，梦集义勇杀贼守城，既而梦休官，梦复职，梦居林下。迢迢长梦，历一花甲于兹矣，犹复梦梦。然梦中说梦，则真自忘其为梦，而并不知其为梦者也。世有爱听梦呓者，请以《红楼续梦》告之。

于是，安排大团圆结局，似乎成了所有续作者的共识。

现在所知开启续作的第一种，是逍遥子（吕星垣）的《后红楼梦》。写贾政把要出家的贾宝玉追了回来，随后借助炼容金鱼，林黛玉神奇地活了过来，且肉身不坏，贾宝玉回来之后又见到了林黛玉，薛宝钗也还在。林黛玉在家充分体现出治家理财能力，最后贾宝玉和林黛玉、薛宝钗过上了像舜帝和娥皇、女英那样一夫双妻的生活，三人其乐融融，非常和谐，是一个美满的大结局。

像兰皋居士、逍遥子这样把一百二十回本《红楼梦》视为未完成之作，再接着续写的，固然不在少数，但也有如归锄子（沈懋德）《红楼梦补》那样，直接从程本系统的后四十回中间插入续写的。特别是，林黛玉之死让他耿耿于怀，所以，他干脆就从第九十七回接续，让林黛玉起死回生。对这种从中间补续的做法，他在《红楼梦补·叙略》中自我辩解说：

传奇之作，无不自卷终后，再开生面，未有将前书截弃者。然续传明翻前事，亦尽属子虚乌有之谈，则与其勉强凑合，毋宁直截了当，似不妨补以剪裁之法，阅者幸勿哂其荒谬。

虽然归锄子认为自己的续作迥然不同于其他各种从一百二十回开始的做法，但他所说的类似续作，包括他本人的"尽属子虚乌有之谈"，倒是说得很正确。这种子虚乌有，并非指文学创作虚构原则，而是一种基于不愿意或者不敢正视现实的梦幻态度。

也许，即便曹雪芹确实完成了《红楼梦》，而且使原稿得以以完整的面貌流传到后世，世人能否真切、形象地面对结局那样一种"白茫茫大地真干净"的不圆满，还是存有疑问的。或者说，相比之下，他们更愿意接受《红楼梦》始终是未完成的结果。

从这一意义上说，目前我们所能看到的《红楼梦》残缺状态，倒是更为合理的。它至少可以回避小说的一个难堪结局，并以留下的空白，触动各色人等的敏感神经，激发许多创作和研究的冲动，成为展现各自所理解的人生"圆满"的大舞台。但其中的大部分结局或结论，可能与曹雪芹的创作题旨以及真实的人生世界渐行渐远了。

需要提出的是，所有续写《红楼梦》的，可能都像传闻中的高鹗一样，是"酷嗜"此书的。程本的后四十回，其思想艺术虽然不能比肩前八十回，但拿其他续书来一比，又显其难能可贵。

虽然有些续书还对曹雪芹的才能大加赞赏，如逍遥子的《后红楼梦》，最后是请出曹雪芹，让宝钗、黛玉点评前书的艺术成就，认为结构、情节、人物塑造都可圈可点，结局未写大团圆也合情合理，并感谢曹雪芹塑造了她们，使她们得以不朽。但这样的赞赏，是停留在抽象层面的。他们自身的创作，几乎毫无例外违背了曹雪芹的精神。

之所以如此，一方面是他们才能有限，但还有一个很重要的原因，是这些续作者纵然深爱《红楼梦》，深爱《红楼梦》里的人物，但这种爱，是建立在对小说、对人物的误解基础上的。所以才会让黛玉复活过来，让她突然具有非凡才干，或者获得大笔意外财产，拯救了家族，甚至连她充满真情的眼泪，都化成了粒粒价值连城的珍珠。

如此庸俗而又颠覆原作真情的处理，让人几乎目瞪口呆。不过，也许曹雪芹还有红学家是需要感谢他们的。因为这类为数众多、思想迂腐、艺术平庸的续作，从另一个角度，烘托出了《红楼梦》的伟大和"红学"的重要价值。

2. 时代性：经典再创造

《红楼梦》的伟大和丰富，既催生了各种续作，也激发了艺术家灵感，催生出许多改编剧。据现有资料看，在程本问世的第二年即 1792 年，仲振奎就改编了《红楼梦》里的一出戏《葬花》。此后，各剧种的改编层出不穷，在朱恒夫、刘衍青整理的《红楼梦俗文艺作品集成》中，就收录了清代以后改编的昆曲 15 种、京剧 25 种，另有地方戏桂剧、粤剧、川剧、龙江剧、潮剧、越剧、锡剧、黄梅戏等 10 多种，还有子弟书、弹词开篇、鼓书等各种说唱改编。

而在现当代社会，话剧和影视剧改编，又成了《红楼梦》改编的一大热点。民国时期赵清阁改编了《诗魂冷月》(1950年代后又改写为《贾宝玉与林黛玉》)《血剑鸳鸯》《流水飞花》《禅林归鸟》等内容相对独立又互为呼应的《红楼梦》四部曲话剧；改革开放后，她又改编了话剧大戏《晴雯赞》。凡此，在《红楼梦》话剧改编史上留下了最浓重的一笔。

这里，我拟聚焦晚近上海话剧艺术中心的《红楼梦》改编本，讨论戏剧形式改编《红楼梦》的再创作问题。

也许得自二知道人四季气象观点的启发，该话剧以春夏的"风月繁华"和秋冬的"食尽鸟归"，构成四季叙事的基本框架。因为四季本质上是轮回的，所以在冬天雪地而不是漫天春光里，以哀乐中年的贾政而不是年轻的宝玉跪拜为序幕，开始人生的反思，给这种四季叙事增加了叙事的，也是心灵隐喻的空间性复沓、回环和对比的意味。

这种回环和隐喻，既归拢了事件，如金钏投井、宝玉挨打，也凸显了人物的心理感觉，让以画外音出现的夏天蝉噪声变得刺耳欲聋，让人无法忍受。同时也重置了情节，比如著名的黛玉葬花连同她的《葬花词》放在了宝玉挨打之后，成为春夏与秋冬话剧上下本的过渡。虽然在小说中，黛玉葬花的情节是在宝玉挨打之前。

事实上，1940 年代吴天改编的话剧《红楼梦》和 1958 年徐进改编的越剧《红楼梦》，也是把"葬花"置于宝玉挨打后。特别是越剧《红楼梦》，其对这一情节的反复渲染，成为整部剧的高潮。

这也曾引起有些学者的不满，认为在宝玉和黛玉达成充分理解后，仍然会有黛玉误会宝玉而发生悲悲戚戚的葬花举动和《葬花词》的咏叹，是曲解了他们的情感发展历程，也是把春末而不是夏末的季节搞错了。

其实，这里的关键是，放在话剧四季整体结构中来理解，是在强调，一如自然万物凋零的规律无法改变，黛玉的葬花举动和《葬花词》已经超越了个人恩怨，是对女性整体不幸命运的悲悯。

从舞台效果看，对笼罩在四季整体框架中的黛玉形象处理展现的四阶段最为感人：

春天，黛玉进府，见到宝玉时那种春心萌动；

夏天，宝玉挨打事件引发黛玉的关切和宝玉反过来为她担心而送她旧手帕安慰她，促使她写下真正的情诗，并引发了通体燃烧的夏热感；

秋天，她在婚姻的绝望中，内心的希望和自然万物一起凋零；

冬天，取暖的炭火只能用来焚烧她的情诗和一颗绝望的心，随着她离去，她把爱意深藏在了雪白的大地背后。

总体看，这四个环节，编导都发挥出相当的创意。

黛玉进府，接着让薛宝钗进府紧随其后。在清代仲振奎改编的昆曲《红楼梦》中，薛宝钗也是和黛玉接踵而至的，不过在剧中贾母还特意拉着薛宝钗去见林黛玉，说："你们也见一见，以后总要常在一堆的。"其对两位女主角进府的归并处理，似乎是为了避免另起头绪。

但是在话剧中，当通报说薛宝钗也来了时，贾府中所有的人都出场去迎接，把黛玉一下子冷落在舞台中央。这种强烈的对比感，使得划出的春夏秋冬四段落，也有了内在肌理不全一致的错综感。

而在接下来的三段落中，无论是黛玉题诗有宝玉与之直接面对，让情感激荡得更灼人，还是黛玉葬花时，让原本洁白装束的她套上一袭红色长裙，缓缓曳地而过，或者失魂落魄的黛玉与宝钗披上红盖头的当面对比，都把情感烘托得十分强烈。

曾经，我们把忠实于原著视为改编是否成功的一个标准，比如 1950 年代，赵清阁改编的话剧《贾宝玉与林黛玉》就是这么自我期许并努力实践的，这当然值得褒扬。但是站在现代人立场，通过艺术改编乃至再创造，从而和原作建立一种对话关系，更具挑战意义。当年，鲁迅给厦门大学学生陈梦韶根据《红楼梦》改编的十四幕话剧剧本《绛洞花主》写"小引"时，就提出：

单是命意，就因读者的眼光而有种种：经学家看见《易》，道学家看见淫，才子看见缠绵，革命家看见排满，流言家看见宫闱秘事……在我的眼下的宝玉，却看见他看见许多死亡；证成多所爱者，当大苦恼，因为世上，不幸人多。……现在，陈君梦韶以此书作社会家庭问题剧，自然也无所不可的。

陈梦韶在改编中作了大胆处理，其第十幕是虚拟了小说本没有的情节"反抗"，讲述乌进孝带着村民准备反抗宁国府的收租，约请焦大、柳五儿来控诉贾府的罪恶，商议着要为减少贾府地租而斗争。而第十四幕写到宝玉与贾政拜别时，又特意要他转告家人，不能垄断子女的婚姻。这些当然也代表着五四后的新青年对《红楼梦》的一种全新理解，鲁迅对此创意没有否定，而是在给出了读者多元解读的语境后，认为像陈梦韶这样，把小说改编成一出社会家庭问题剧，也是可以的。

晚近的话剧本，用自然四季来重构《红楼梦》叙事框架时，大自然的四季轮回与人的自然感情流淌深深契合，也成了翻转小说的因子，并启发了编导力图把人的潜在情感召唤出来。

于是我们看到，当赵姨娘带着怨恨情绪来送别远嫁的探春时，探春临别时把憋了很久的一声"娘"叫出来，让赵姨娘手足无措而感情失控，也让观众心头为之一震。当时我就感叹，这种对小说的再创造，也许不少人会反对，但也许可能是激发小说乃至整体意义的红楼文化进入新时代的一种活力，还是值得尝试的。

3. 跨文化：世界的《红楼梦》

虽然《红楼梦》开始是以原文的方式传播海外，比如1793 年（即乾隆五十八年），程高本发行没几年，《红楼梦》就由"南京船"（中国南京王开泰"寅贰号"商船）从浙江的乍浦港出洋，带到日本长崎，被当时在长崎从事商贸活动的村上家记录下来，这是迄今所能见到《红楼梦》流传国外的最早记载。随着《红楼梦》后续传入，日本外国语学校还以《红楼梦》为教材来学习北京官话。

与此相类似，英国传教士马礼逊在 1816 年编译学习汉语的教材《中文对话与单句》(*Dialogues and Detached Sentences in the Chinese Language*)时，选译的内容是《红楼梦》第三十一回里宝玉和袭人的两段对话。

还有人猜测，现存最早的朝鲜语《红楼梦》版本，即乐善斋的中朝语对照本，在汉语旁都标注了发音，让宫廷女子读《红楼梦》来消遣解闷的同时，可能也是供她们学习汉语的。

但是，借《红楼梦》来学习汉语，未必能促成小说更大范围的传播。真正能对传播起推动作用的，还得靠许多学者、翻译家把《红楼梦》翻译成外语。而《红楼梦》本身的复杂，语义的精深，对每一个译者来说都是极大的挑战。

对于《红楼梦》跨语际的翻译，早年的王丽娜、胡文彬、姜其煌，晚近的李晶等学者都有过梳理。这里综合学者们的研究（特别是李晶提供给我的相关话题演讲稿），对《红楼梦》的跨文化翻译，做些简单介绍。

在亚洲，《红楼梦》出现最早的是日文和朝鲜文（韩文）版本，而且有多位翻译家出版了他们的全译本。

日本翻译《红楼梦》始于森槐南摘译第一回楔子部分。森槐南盛赞《红楼梦》是天地间一大奇书，他自己因酷爱此书而被人嘲笑为"红迷"。以后又陆续有了多种节译本和4种全译本。最早出版的日文全译本是松枝茂夫的，以后又经过修订再版。接着又有伊藤漱平、饭冢郎和井波陵一的全译本。其中，伊藤漱平多次修订译文，精益求精。他也写下不少重要的红学论文，与中国红学界有广泛的交流和讨论。

朝鲜文（韩文）的《红楼梦》全译本是世界各语种中最多的，目前能够统计到的已经有7种。这些全译本，早年有6种是以程本为底本翻译的，在晚近，韩国的崔溶澈和高旻喜依据红楼梦研究所新校注本翻译了以庚辰本为底本的全译本。

欧洲语言里，全译本能够统计到的分别是俄文、捷克文、斯洛伐克文、德文、西班牙文、法文和英文。其中俄译本在1958年出版，是最早的欧洲语种全译本，译者是帕纳秀克，孟列夫则翻译了其中的诗词曲部分，该译本颇受好评。法语全译本直到1981年才出现，是由李治华及其夫人雅歌花了近30年的业余时间合译完成的。当时欧洲媒体纷纷报道，认为它填补了长达两个世纪的空白。而英文的全译本在欧洲语种中最多，有 3 种，成书出版的 2 种，也就是大家熟知的霍克斯、闵福德合译本以及中国翻译家杨宪益和其英国夫人戴乃迭合译本。霍克斯译本和杨宪益译本有一个共同特点是，他们虽然都选择了相应的底本来翻译，但又参照其他各种版本进行校订，择善而从。这也提醒读者，如果用一种中文底本来进行英汉对照阅读，可能会觉得有些描写对不上。

在英语世界出现全译本之前，1929 年版的王际真节译本《红楼梦》流行相当广泛，后来又出版了修订增补版。面对小说复杂的人物，王际真为方便西方读者的理解，对人名采用了两套规则。对男子基本采用音译法，对女子大致采用意译法，这样的翻译规则曾得到吴宓的欣赏。

但也有人提出异议。比如，将黛玉的名字意译成 Black Jade（黑色的玉石），吴世昌、王丽娜认为，因为 Jade 含义复杂，如用来指女子，有"荡妇"的义项，另还有"下贱的马"的意思；再加上一个 Black "黑"，真有一定的贬义色彩，似乎在"黑"黛玉了。而把平儿译成

Patience（耐心），似乎也不够贴切。特别是，当有些女性形象具有立体性、属圆形人物时，用意译法，就带有贴标签的弊病，反而不利于读者对人物形象的把握。

而后来，霍克斯和闵福德的合译本就调整了这一翻译规则，把本来主要用于男性人名的音译法变成针对主人和管家，而对奴仆则采用意译。这样的改变，有一定的合理性。因为作者对贾府家族中的主人塑造，有好几位是从立体性、多面性来考虑的，用音译，其实是在一定程度上阻断了读者作简单化理解的可能；而作者对奴仆的形象刻画，则较多平面与单一，所以译者的一些意译，如果词语选得好，往往能对人物有精准的把握。比如霍克斯把多姑娘翻译成 the Mattress（床垫），就被不少学者赞为神来之笔。

《红楼梦》涉及中国社会百科全书般的知识，翻译的艰难可想而知，所以有些译者在翻译时，往往会请汉学家或者红学家来把关。如李治华夫妇的法译本是请法国汉学名家铎尔孟来校订，而杨宪益夫妇的翻译则得到了红学家吴世昌的全力襄助。不过，像崔溶澈和高旻喜，他们本身就是韩国著名的红学家，但在文笔方面又觉得不够生动流畅，所以请韩国一位作家来对译稿进行语言润色，然后再由他们自己进行校对，从而使译稿能在保证"信、达"的前提下，又有"雅"的提高。

一般认为，由于文化差异，《红楼梦》翻译成西方语种的困难要远大于翻译成受过汉文化深刻影响的日语和朝鲜语。但是，真要翻译得精准和流畅，翻译成日语和朝鲜语也不容易，会出现中国读者意想不到的许多问题。

2007 年，我曾在韩国翰林大学当客座教授，与翻译《红楼梦》的高旻喜教授比邻而居。当时她正全身心投入《红楼梦》的翻译，晚上工作得太晚，就在办公室的沙发上过夜。有时她会和我讨论翻译时面临的一些问题，因此我对翻译的甘苦略知一二。

比如，贾宝玉叫唤丫鬟，经常是姐姐妹妹的不离口，但是在朝鲜的历史上，却从来没有一个主人用这样的称呼来叫一个帮佣的姑娘的。因为丫鬟地位低下，不可能对她们叫得这么亲热。这样的亲热，带有褒义的感情色彩，与朝鲜语称呼丫鬟的用词显然相抵触。

再如，书中写那些仆妇站在屋内的地上，用词又让译者发生了犹豫。以往的朝鲜，地面、地上都是指屋外，进屋就脱鞋，如同暖炕，因此不用地面、地上这样的词。如果直译，肯定会让读者误会那些仆妇统统是侍立在屋外。这里似乎应该添一个注释，才不至于让读朝鲜语的读者犯糊涂。

又如，在中国，用烟杆抽烟者，烟袋和烟杆是挂在一起的，所以请别人抽烟，"递一杆烟"和"递一袋烟"并无区别；但在朝鲜（韩国），烟杆和烟袋是分离的，烟袋不会吊在烟杆上。如果直译书中的"递一袋烟"，未必含有请人抽烟的意思，显然也会让朝鲜（韩国）读者感到疑惑。

《红楼梦》第九十九回，写贾政出衙门拜客，里头吩咐出去，道是"打点已经三下了，大堂上没有人接鼓"。表明时间过去较长而没有后续的反应，这"打点"三下应该是有间隔的，才算过去时间长。那么到底间隔多久才算是长呢？译者似乎非要把它搞清楚，才敢放心落笔翻译。

　　而当两个国家语言表达的差异，使得不得不改变作者的原意时，译者如同愧对作者似的既痛苦又无奈。《红楼梦》的后四十回虽然遭到颇多红学家的批评，但是，第九十八回有关黛玉弥留之际的描写，还是得到了不少学者的认同。特别是写黛玉咽气前的那直声叫唤："宝玉，宝玉，你好——"那种突然中断的处理方式，显示了作者相当的艺术匠心。而也正是这没有说完的"你好——"，给读者留下了很大的想象空间。

　　但是，当把这断裂的句子译成朝鲜语（韩语）时，关于人的称谓"你"，不得不把言说者的褒贬态度明示出来，哪怕不把"好"字翻译出来，也是如此，这是朝鲜语自带的用词规则。于是，要在是褒还是贬的感情色彩用语中做出选择。要在翻译中把这一想象的空间予以压缩，成了让译者感到非常困惑且无奈的一个问题。

　　正是从这个意义上，《红楼梦》翻译的困难，也说明了它的伟大。或者说，当它被翻译成其他语种而窄化了含义空间时，其依然留存的动人魅力，又说明了它的内涵曾经是那么充盈和丰厚。

壮观的"红学"队伍

乾隆五十六年（1791），书商程伟元和进士高鹗联手，把整理成一百二十回的《红楼梦》以萃文书屋名义用木活字印刷出版。从此，《红楼梦》价格昂贵、只能以手抄形式在较小圈子流传的状况得到根本改观。其达到的广泛传播程度，据清代著名经学家、训诂学家郝懿行记载，他在乾隆、嘉庆年间去京城，居然发现每户人家的书桌上都放着一本《红楼梦》。

另外，也有人夸张地说《红楼梦》已经到了"家弦户诵，妇竖皆知"的地步，以至《京都竹枝词》有句道："开谈不说《红楼梦》，读尽诗书也枉然。"

虽然清代也有官员视《红楼梦》为色情之作，多次把它列入"禁书"，但最终因为读者对该书的持续热情，禁毁的效果并不明显。

而这种广泛被阅读、被接受，也在很大程度上催生了"红学"的诞生。

下面就来依次介绍。

1. 前"红学"时期

"红学"产生的缘由，当然首先是《红楼梦》本身的魅力。小说的伟大和复杂，小说版本和作者身世带来的各种问题，小说与社会、与传统文化千丝万缕的联系，这些都是构成"红学"的基础。但同时，读者对小说投注了巨大热情（《八旗画录》戏称，喜读《红楼梦》就是"红学"），伴随着阅读，社会上有关《红楼梦》的各种评点、评说开始流行。这些评点和评说是"红学"基础的重要组成部分，主要分为脂评和其他评点两类。

（1）关于脂评

《红楼梦》最初以手抄本形式传播，就是跟评点紧密结合在一起的，后来出现印刷本，各种评点没有跟小说正文剥离开来，此外还有关于《红楼梦》的随笔以及诗歌形式的题咏等。其中，最出名的当然是以脂砚斋（可能还应包括畸笏叟等其他人）为代表的脂评。

而脂评具有的特殊性，使得我们可以把清代所有关于《红楼梦》的评点，分为脂评和非脂评两类。为什么这么分？一方面，脂砚斋（包括畸笏叟）对于作者知根知底的了解，是其他任何评点者没法比的；另一方面，脂评有时候不仅仅是作为读者的阅读感受，甚至也是曹雪芹创作的意见反馈者，对作者的创作直接发生了影响。虽然夏志清、王蒙等认为这是对作家创作产生的干扰，并指责评点者的自以为是，但曹雪芹似乎是愿意接受他们的意见的。

最明显的例子，就是小说第十三回写秦可卿之死，甲戌本眉批有："此回只十页，因删去天香楼一节，少却四五页也。"对于作者删去的原因，回末批语给出了解释：

"秦可卿淫丧天香楼"，作者用史笔也。老朽因有魂托凤姐贾家后事二件，嫡（的）是安富尊荣坐享人能想得到处。其事虽未漏，其言其意则令人悲切感服，姑赦之，因命芹溪删去。

这里的批语透露出的几点信息，都可以说明评点者与众不同的特殊性。

首先，他知道作者的书写具有纪实的特征，是可以跟家族中的某段历

秦可卿，选自《新评绣像红楼梦全传》。宁府贾蓉之妻。"梦儿相逢"，对应秦可卿卧室的《海棠春睡图》，亦暗指其与公公贾珍的不伦之恋见不得光。

史对应起来的，是"用史笔"的记录。这种能够拿现实的例子来比照，在另一处关于秦可卿托梦给凤姐提及"树倒猢狲散"一语时，评点说得更直言不讳：

"树倒猢狲散"之语，全（今）犹在耳，屈指三十五

年矣。伤哉！宁不痛杀！

　　其次，这样的历史，是极不光彩的，是"淫丧"而见不得阳光的。后来有些学者根据没有删干净的文字，概括出大致的情况是：秦可卿跟公公贾珍发生不伦关系，被丫鬟宝珠发现而悬梁自尽。

　　再次，评点者或许是作者的长辈，在作者心目中有一定权威性，所以可以用"命芹溪删去"的口吻。

　　还有，这一删改，也是让秦可卿形象变得单薄的原因之一。总体看，最终呈现的秦可卿形象还是比较暧昧朦胧的。有人据此评价她成了一个"失魂落魄"的人，也有人认为这是人物的诗化体现。

　　但不管怎么说，一条脂批可以辐射出许多面的信息，这是其他任何评点都很难做到的。从这个意义上说，虽然后来有些著名的评点或者随笔，围绕着《红楼梦》也提出了很深刻的见解，或发生了种种的索隐冲动，但更多的仅仅是以读者的身份来加以批评和猜测。不像脂批作者，以目睹者身份指向了文本意义的索隐，以亲历者身份指向了作者身世的考证，加上同时指向艺术审美等，使得脂批的意义更具有立体性。

进入现代社会，奠定了"红学"的三个主要流派，似乎都可以在脂批中找到各自的源头。但脂批也给现代学者带来一些不满，有人认为其自以为是的见解干扰了作者的创作，而且脂批有揭示作者创作意图，特别是喜欢把作者伏笔在评点中先予挑明的癖好。这样，阅读的悬疑性、神秘性被脂批瓦解了不少。

也许脂批作者这样做，根本没有考虑其他读者的感受，而仅仅是向作者表明，他才是读懂作者的知音，是在回应"谁解其中味"的那个能够解得小说真味的唯一者，是足可以与曹雪芹相提并论的"一芹一脂"。

如果从这个角度来看脂批，看其对曹雪芹表白式的点评，我们有些人对其的不满和指责，也许就不会那么严厉了。甚至我们还可以设想，《红楼梦》也许本来就不是写给我们这些外人看的，而是写给小圈子里的熟人来互相点赞的。

（2）其他评点

与脂评让后人挖掘索隐、考证、审美价值不同，其他评点更多是围绕着文本本身来展开的。即如著名的"三家评点"之一的评点家张新之用经学来比附《红楼梦》，认为其以《大学》《中庸》为根本，又以《周易》来演绎消长变化，所以不时把阴阳五行和《红楼梦》的描写联系起来评点，但也有大量基于阅读的审美感受而给出的评点，特别是放在小说史的比较视野中来分析，得出的结论就比较允当。

张新之认为"《红楼梦》脱胎在《西游记》，借径在《金瓶梅》，摄神在《水浒传》"，用"脱胎""借径""摄神"来概括三部小说与《红楼梦》的关系，是相当靠谱的。因为《西游记》中石头对故事动力的引发以及唐僧师徒人物组合的结构化处理，《金瓶梅》对家庭日常生活的展示，以及《水浒传》人物的传神描写，都在《红楼梦》中得到了进一步发展。

　　此外，他给予《聊斋》和《红楼梦》两部小说以最高评价，认为：

　　《聊斋》以简见长，《红楼》以烦见长。《聊斋》是散段，百学之或可肖其一；《红楼》是整章，则无从学步，千百年后人或有能学之者，然已为千百年后人之书，非今日之《红楼》矣。或两不相掩未可知，而在此书，自足千古。

　　这里不但比较出《聊斋》和《红楼梦》的不同特点，更在于他既能从小说圆满自足的整体性，也能从历史发展的眼光，来看待《红楼梦》的不可重复问题。

　　当然，其评点可商榷处也甚多，不单单是他太拘泥于用阴阳八卦理论来解释小说中的人物关系，还在于太强调情节结构的圆满自足，所以断然否定了后四十回为别人所续的可能性。

　　用今天的眼光看，张新之的不少评点刻意把《红楼梦》与传统的阴阳八卦等观念作了比附，所以其观点的深刻和局限都比较突出。相比之下，"三家"中的其他两家姚燮和王希廉就比较中正平和，侧重于艺术的鉴赏，对引导读者细读小说有一定启发。另外，陈其泰和黄小田的评点也颇得学界认可。

这里想介绍一位富有见解的二知道人所写的随笔《红楼梦说梦》。他的一些见解，对今人也有不少启发。此前我们曾引述过他关于大观园是醋海的看法，等等，这里再介绍一些。如他评价宝玉对女孩子的态度，认为：

> 宝玉一视同仁，不问迎、探、惜之为一脉也，不问薛、史之为亲串也，不问袭人、晴雯之为侍儿也，但是女子，俱当珍重。若黛玉，则性命共之矣。

在提出宝玉待女孩子一视同仁的态度中，又区分出对待唯一一个的差异，认识还是相当辩证的。

而他所说的"雪芹所记大观园，恍然一五柳先生所记之桃花源"这一看法，经过俞平伯的引述，宋淇又在《论大观园》中洋洋洒洒加以发挥，最后到余英时写出《红楼梦的两个世界》，成为不胫而走的名篇。

另外，他概括小说的四时气象，也有见地：

《红楼梦》有四时气象：前数卷铺叙王谢门庭，安常处顺，梦之春也。省亲一事，备极奢华，如树之秀而繁荫葱茏可悦，梦之夏也。及通灵玉失，两府查抄，如一夜严霜，万木摧落，秋之为梦，岂不悲哉！贾媪终养，宝玉逃禅，其家之瑟缩愁惨，直如冬暮光景，是《红楼》之残梦耳。

这虽是感觉印象上的一种概括，还谈不上观点深刻，但其从四时气象入手讨论，启发了当代一些学者结合西方学者弗莱原型批评理论中的四季叙事模式，讨论《红楼梦》的四季意象、四季叙事问题，仍有一定的学理价值。

2. 现代"红学"：评论、索隐、考证的三足鼎立

（1）"新红学"与"旧红学"

1921 年胡适发表《红楼梦考证》，1923 年俞平伯发

表《红楼梦辨》，由此确立了"新红学"的考证特色。虽然"新红学"的概念，是参与胡适、俞平伯讨论的顾颉刚提出来的，索隐的红学被视为"旧红学"，但这些说法得到了广泛的认可，直至今天，还是这么来认定的。

后来的红学史论家，把以蔡元培为代表的索隐的"旧红学"和以胡适为代表的考证的"新红学"，都划归到现代红学的范畴。这样的划分当然正确。因为表面看，蔡元培的《石头记索隐》主要采用比附方法，或者他所谓的"品性相类者""轶事有征者""姓名相关者"三套大法轮换用，以宝玉所看轻的污浊男子比附满人，以宝玉所心仪的尊贵女子比附江南名士，推导出《红楼梦》反清复明的"排满"主题；而胡适用科学的事实求证法，证明《红楼梦》的作者身世等，得出贾家和甄家都是曹雪芹家影子的结论。但是，蔡元培用"索隐"来强调民族革命的主题意义，胡适借"考证"来强调个人家族的失败记录是自然主义的杰作，其实都是现代社会才确立起的重要观念。这是他们被史论家拉到现代红学一个圈子里的根本原因。但这只是问题的一方面。

与此同时，我们也应该看到，无论自诩为"新红学"的考证派，还是被贬低为"旧红学"的索隐派，都有从传统经学母胎裂变出来而又没有割断的脐带。当初，蔡元培反驳胡适，认为自己的"索隐"不过是把胡适认为《红楼梦》写曹家一家人的关系，扩大到与更多名人的联系。言下之意，胡适在通过"考证"把小说和现实中的人物对应起来这一点上，和"索隐"并没有本质差异。

在把"旧红学""新红学"都纳入现代红学范畴的同时，许多红学史论家把王国维在1904年发表《红楼梦评论》，视为现代红学诞生的标志。

在《红楼梦评论》里，王国维提出了《红楼梦》是"悲剧中的悲剧"的看法，认为其根本在于人生本来就是悲剧。他引用叔本华的观点，认为人生就是在欲望得不到满足的痛苦和得到满足后的厌倦两端来回摆动。所以，他把宝玉之"玉"视为"欲望"之"欲"。他还认为，《红楼梦》的悲剧精神跟国人文化精神相违背，这也恰是小说价值之所在。

这些观点，特别是对人的主体欲望之强调，确实是富有现代特征的，也是跟以理节欲甚至灭欲的程朱理学根本抵触的。

问题是，这样的现代观念，也许过于另类。这种另类，跟他完全照搬叔本华的哲学也有一定关系，在当时没有引起"新红学"那样的轰动效应。红学史论家也无法把其划入索隐的旧红学和考证的新红学阵营，他属于跟上述两派鼎足而三的评论派。三家一起奠定了现代红学的基础。

（2）评论派与马克思主义红学早期成果

在现代红学的早期发展中，马克思主义红学也没有缺席。

鲁迅在《中国小说史略》《中国小说的历史的变迁》以及《〈绛洞花主〉小引》中的相关论述，其基于社会关系而折射的人物心理分析，将《红楼梦》置于小说发展史整体中的价值判断，以及对读者自身所处语境的立场判断，都显示出马克思主义理论和方法论的一些特色。鲁迅提出的要言不烦的见解，给后来的学者以持久的启发。这些已经为大家所熟知，不用饶舌。

1940年代，比较自觉运用马克思主义思想武器，写得通俗易懂的红学论著，有1946年出版的高语罕《红楼梦宝藏》和1948年出版的王昆仑《红楼梦人物论》。他们的论著，在不绝对排斥其他西方理论家的同时，又有比较明显的马克思列宁主义唯物论倾向。因为红学史论家对王昆仑论著介绍较多，这里就重点介绍高语罕论著。

高语罕《红楼梦宝藏》共分六讲，第一讲谈思想，中间四讲分析人物，最后一讲分析艺术。就第一讲来说，他在梳理《红楼梦》思想内容的各方面时，引用了列宁论"托尔斯泰是俄国革命的一面镜子"的观点，认为来自贵族阶层的作家思想中的那种矛盾，在作品中不自觉地如镜子一般反映了出来。

从这个意义上说，尽管作者本身并不自觉地反对他所属的那个阶层、那个社会，但是，因为他真实而详尽地描写了它、深刻而又全面地揭示了它，所以，如同"风月宝鉴"无可割裂的正反两面，作家的世界观和创作方法的互相矛盾，就这样相生相克地全面反映在作品中，使得读者在阅读《红楼梦》贵族奢华的表面时，也洞穿了它腐朽的背面。这一结论符合作品的实际，也成为后来多数学者的共识。

高语罕对王熙凤的论述相当全面，分九个要点来展开，依次是：①凤姐是贾府的政治家；②凤姐之姿；③凤姐之才；④凤姐之巧；⑤凤姐之贪；⑥凤姐之毒；⑦凤姐之妒；⑧凤姐之淫；⑨凤姐与贾府之兴衰。但因为是平面罗列式展开，每个特点间的关系，尚缺乏一定的有机联系，最多也是从正面论述到负面评价。

相比之下，王昆仑的专论则有着递进的深入。他从分析王熙凤的口才与威势入笔，进而提出："口才与威势是作战的武器，掌握权力掠取财富是作战的目的。"这就在一定程度上，触及了人物的表象和本质的关系，在辩证思维上，要比高语罕论述得深入一层。

高语罕在自己的分析中列出的第一点是，"凤姐是贾府的政治家",但在下文展开中,是从第二点开始——分析的,而把政治家这一点略过了。只是在后文论及王熙凤协理宁国府时,才呼应了开头列出的第一要点,认为:"熙凤真是一个精明强干的政治家,假使在当时她是个男人的话,假使她生在今日,再受到相当的教育,也许是丘吉尔、罗斯福辈中人,未可知也。"

但在王昆仑的专论中,恰恰提出了不同看法:"凤姐在家庭战场上是一个胜利者,然而她毕竟不是贾府的政治家。"

王昆仑之所以跟高语罕有截然不同的判断,是因为他提出了相当深刻的理由。

他认为,当秦可卿托梦给王熙凤以提醒贾府的危机,让她早做打算时,聪明绝顶的她对此应该是有所警觉的。接下来,王昆仑笔锋一转说:

然而她以为那些公共的福利,以后的生机,绝不比目前的实力来得重要,于是把贾府的这唯一的一条生路给搁置下来。凤姐总揽着贾府的家务，只有她最能懂得这一个大家庭的一切困难，矛盾，和种种的没落相。但她既绝不许别人从她手中把这封建家庭的尾闾命运夺取过来而加以挽回，于是她反成了这命运的有力支配者。这位连账也不会写、不学而有术的少妇本不具有什么基本政策，但她在无制裁力的环境之下，却建立起以她自己为中心的个人功利主义。她根本不需要什么久远的计划和实际的建设，更不需要与能干的探春、高洁的李纨或任何人合作；她所需要的，只是在她自己掌握中，使这一个庞大矛盾的家庭暂时存在着，以满足她自己而已。

在后来的修订本中，作者虽然删除了评价王熙凤"不是贾府的政治家"这一句，但又加以明确说："她以为那些公众的事，以后的事，绝不比目前的自己的利益来得重要。行将没落的统治层中的当权派都只有挣扎撑持于一时，而不会有什么长远打算和乐观精神。"这样的分析触及了统治阶级极端自私的本质属性以及他们的短视眼光，然而又是跟分析人物的心理动力和智力因素结合在一起的，具有相当的思辨色彩和开阔视野。

这样的深刻分析，在高语罕的凤姐论中，还是没能发现。相比王昆仑，其人物分析涉及社会学和阶级利益关系时，思维展开还是停留在较为粗浅的层面。

尽管王昆仑并不满足于自己的分析，后来又从更彻底的阶级论立场把旧作几乎重写了一遍，但也有人认为其中有些段落的改写，让本来隐含的一种庸俗社会学倾向凸显了出来。

3. "红学"的革命与革命的"红学"

（1）小人物与大人物

1954 年，大学毕业不久的青年李希凡和蓝翎合作发表了《关于〈红楼梦简论〉及其他》《评〈红楼梦研究〉》等论文，对已是学术权威的红学家俞平伯提出批评，认为他是在用反现实主义的唯心论的观点分析《红楼梦》。即不能理解世界观和现实主义创作方法的根本矛盾，把作者主观流露的"色空"观简单等同于作品的思想倾向；

不能正确区分正面典型和反面典型，用"黛钗合一"来判断人物，其主张"自传说"妨碍了人物形象对所属阶级本质的概括；不能从文学和生活的基本关系、从人民性等来理解文学传统，只能停留在形式上作源流的梳理；而其对"怨而不怒"的风格欣赏，低估了小说反封建的批判力量。

由于第一篇文章发表前，刊登遇到了阻力，毛泽东得知此事后进行了干预，这场学术讨论很快演变成波及全国的政治运动。后来公布的毛泽东专门写给中央政治局及有关部门领导的一封信中，指出问题的性质是"反对在古典文学领域毒害青年三十余年的胡适派资产阶级唯心论的斗争"。毛泽东还进一步引申开去，鲜明提出了两人的青年团员的政治身份，并认为：

事情是两个"小人物"做起来的，而"大人物"往往不注意，并往往加以阻拦，他们同资产阶级作家在唯心论方面讲统一战线，甘心作资产阶级的俘虏。

虽然早在中华人民共和国成立前，已经有了用马克思主义理论研究《红楼梦》的论著，但当时的运用尚不够自觉，特别是没有自觉地把胡适、俞平伯等考证派作为自己的对立面来展开论争。像鲁迅在小说史论中，还尽可能地利用了胡适的考证成果。

从这个意义看，李希凡、蓝翎的文章以批评俞平伯所代表的考证派来亮明自己的观点，宣告了在新制度、新形势下具有结构突破意义的马克思主义红学登场。这种结构性突破，是把已有的观念宣布为过时，再进行思想的清场。

毛泽东以胡适等"新红学"在 1920 年代的诞生来计算"三十余年"，不过考证的"新红学"当初之所以能够声名大噪，除了强调他们的科学方法外，也有把这种严肃方法用于白话小说的意义。这不但符合白话文运动的潮流，更重要的，在传统诗文的正统观念下，对古代小说加以严肃的科学研究，显示了文体的平等意识。"新红学"的确立，成为古典学术圈体现"科学"和"民主"精神的标杆。

而在中华人民共和国成立后，运用马克思主义思想立场和方法研究《红楼梦》，又成了清算古典文学界"资产阶级唯心论"的一面旗帜。当李希凡、蓝翎把揭示《红楼梦》的价值努力从文本超越出去，从小说延伸到阶级矛盾和社会制度问题时，毛泽东揭示了外在于文本的研究者自身的立场问题。在毛泽东看来，文化的平等归根到底是人的平等问题，是跟人的当下现实问题结合起来的。

具体到《红楼梦》讨论，就有"小人物"和"大人物"的对立性。据此，文化问题只有联系研究者所属不同阵营的问题来一并解决，才能让学术研究发挥实践改造的意义，既改造对象，也改造自我。这样，文化问题被政治化了。

不过，当一切具有非马克思主义思想的研究者被轻易划分到敌对阵营时，平等对话的可能又丧失了，本应是讨论的学术争鸣也就成了一边倒的批判，而批评者自身的一些简单粗暴的问题反而被遮蔽了。

（2）马克思主义红学的晚近发展

李希凡、蓝翎以后，马克思主义红学走向了两条不同道路：一条是渐渐滑向庸俗社会学的泥潭，并在无意中和索隐派红学携起手来，把《红楼梦》中的情节和人物都看成了政治斗争的标签，这在1970年代初达到顶峰；另一条则力图把握马克思主义基本原理的精髓，运用辩证思维，研究《红楼梦》的主题、人物和环境，出现了何其芳的《论红楼梦》、吴组缃的《论贾宝玉典型形象》、舒芜的《〈红楼梦〉故事环境的安排》等，后来又有蒋和森的《红楼梦论稿》、张毕来的《漫说红楼》、王朝闻的《论凤姐》以及舒芜的《说梦录》等相继问世。特别是聂绀弩的《略谈〈红楼梦〉的几个人物》，虽然只是一篇随笔性质的论文，但其对马克思主义原理出神入化的运用，让人充分感受到马克思主义作为一种思想武器在解析作品时体现出的击中要害的深刻和雄辩而不粗暴的力量。

同样显示出马克思主义红学成熟的是和考证派的关系。当初，李希凡、蓝翎就是以批判考证派红学，将之指责为资产阶级唯心主义的烦琐考证而显示自身特色的。但考证派红学恰恰是在吸纳运用马克思主义基本原理和方法中，为自己找到了正确的定位。

比如考证派的集大成者周汝昌在材料收集上"竭泽而渔"，嘉惠红学界甚多，但恰恰在处理和运用材料中，有时会陷入机械的、形而上学的泥潭，得出一些很难令人信服的结论。

反之，刘世德、杨传镛等在艰难的版本考证中较为娴熟地运用了唯物辩证法，得出了不少益人心智的见解。由此也反过来证明，马克思主义红学的活力恰恰在和貌似异己的思想观念较量中，在和各种观点的相克相生中，推动着红学整体上向前发展。

结语："都云作者痴，谁解其中味"

1. 曹雪芹的焦虑

创作了《红楼梦》的曹雪芹是焦虑的。

这种焦虑，在小说开始，在他的自题一绝中，就表达了出来：

> 满纸荒唐言，一把辛酸泪。
> 都云作者痴，谁解其中味。

这里，作者的焦虑，也许是在考虑了自己能否引发读者共鸣后而产生的。作者告诉读者，由纸面得来的可能是"荒唐言"的印象，其实浸透着他自己的辛酸泪。但读者常常因为看不到荒唐言背后的辛酸泪，或者即使看到了，却不理解这种荒唐言与辛酸泪之间有内在联系，于是以围观的姿态来嘲笑作者的痴呆，才加剧了作者对"谁解其中味"的焦虑。

我们也可以泛泛地说，伟大作品的诞生，都可能带给作者焦虑和困惑。一方面，作者希望自己的作品能超越众人，傲视群雄；另一方面，却又可能担心，这种超越会给自己的作品带来不被理解的风险，导致曲高和寡。

能引发读者的共鸣，得到真正的知音，正是作者所祈盼的。也是在这个意义上，英国诗人奥登说过一句名言：宁肯自己的作品只有一个读者但读过一千遍，也不愿有一千个读者但只读一遍。

一般来讲，引发共鸣、成为知音的前提是理解作品。当然，理解作品，对作品整体意义的思想感情产生共鸣，并不意味着无条件认同作者的思想，特别是其自觉意义的人生价值观。如果我们这样做了，其实是会削弱《红楼梦》的伟大价值的。如同当初俞平伯把"色空"观这一作者自觉流露的思想作为小说整体意义的思想来把握，其实是有很大偏差的。

而对具体作品的情节和人物，还是要具体问题具体分析，并在这一过程中，形成读者自身的价值判断。

2. 女性整体的不幸

在小说中，作者对女性整体的不幸是用两位女性形象来概括的。在小说的第一回，首先出现的是甄家的英莲。借助一位高僧，甄英莲得到的评价是：有命无运，累及爹娘。后来，甄英莲被拐卖，改名香菱。周瑞家的看到香菱，说她和东府的大奶奶一个品格，那就是秦可卿。秦可卿虽然出身未必好，是养生堂抱养的，但长大后居然嫁到宁国府，成为贾府的长房媳妇，而且处处得宠，应该说相当幸运了。可惜她很快早逝，与香菱对照起来看，恰好是有运无命。所以整体上来说，这两人就代表着女性命运的无常，命（这里主要指物质生命的长久），似乎老是和运气聚不到一起。

当然，命和运都好，所谓"命运两济"的人也有，她就是甄家丫鬟，名叫娇杏，谐音"侥幸"。她只是多看了几眼还处在落难中的贾雨村，就让他发生了误会，以为是风尘中知己。后来贾雨村发迹做官，就把她娶为小妾，等到妻子去世后，又把她扶了正，由不得让她感到幸福来得太突然。但把这几个女性放在一起看，还是能够发现曹雪芹的一种观念：女性如果能够过上幸福生活，那就是侥幸，总体上来说她们都是不幸的，她们的命和运永远是凑不到一块的。这样，无常就成了对女性命运不幸的一种解释。

有人也以此来解释书中其他人物的一种人生价值观。比如，有人说薛宝钗之所以善待赵姨娘，就是她有无常的自觉意识，认为保不定某一天，她自己也会沦落到赵姨娘这样不堪的地位。所以，她善待赵姨娘，成了善待可能的自己。

3. 同情还是质疑？

无常观，似乎也统一在作者笔下的人物意识中，并贯穿于小说开端设计的两个神话故事所延伸出的两条线索。

第一条线索是，在女娲炼石补天的过程中，把多余的一块石头抛弃在大荒山无稽崖后，这块石头凡心偶炽，去人间走了一遭又重返故地，丰富了自身的经历，并把这种经历书写在石头上，让世人传抄阅读。尽管小说中的男主人公不是石头幻化而成（程印本系统让石头、神瑛侍者和贾宝玉三位一体，则另当别论），但石头与贾宝玉结伴来到人间，成为贾宝玉的"命根子"，须臾不能分离，似乎也折射出贾宝玉无材补天的必然性。他充其量也只能像石头写书一样，做一点"精神文明"建设工作，对女孩子给予一些情感的安慰。而其最终"悬崖撒手"脱离红尘，也类似于顽石返回到大荒山。

第二条线索是，赤瑕宫的神瑛侍者浇灌了西方灵河边的绛珠仙草，让她修成一个女胎，到人间用一生的眼泪来回报他。这个还泪的因果报应故事，决定了绛珠草转世为林黛玉，见到贾宝玉必然是要流泪不止的。

这样，贾宝玉的天性也好，林黛玉的悲情也好，都似

通灵宝石与绛珠仙草，选自清改琦绘《红楼梦图咏》。贾宝玉出生所含通灵宝玉即由大荒山无稽崖青埂峰的一块石头幻化而成，而绛珠仙草是林黛玉的前世。

乎是命中注定的了。对于这样的宿命论，我们怎么看？

粗粗来说，可以采取两种阅读的态度：一种是同情式阅读，认同作者的观点；一种是质疑式阅读，对作者的观点提出自己的看法。

在我看来，作者落实到具体人物身上的命运无常观，

或者说宿命思想，其实是有很大问题的。因为在传统社会
中，人的苦难特别是女性的不幸，不合理的社会制度需要
承担很大部分责任。如果把人生的不幸解释为命运无常的
话，其实就是在不自觉地为不合理的社会辩护。

尽管《红楼梦》中有些女性自己也这样说——是我的
命不好，作为一种无奈中的心理安慰无可厚非，但过于强
调这一点，这个社会似乎就不用承担责任了。所以有时候
强调命运无常观，或者强调一种宿命思想，恰恰是在为社
会开脱。

如同我们欣赏《红楼梦》里许多非常缜密的伏笔的
艺术构思时，也要两方面看，它们有时候恰恰显示了曹
雪芹的宿命论思想，好像一切都是命定的，这又成了他
的局限性。

所以我们在读作品的时候，还要进行一种质疑式的阅
读，既质疑作者的潜在思想，也反思自身的阅读立场，这
样才能有更大收益。阅读《红楼梦》是如此，阅读其他作
品也应如此。

后　记

　　初中阶段半懂不懂开始读《红楼梦》，迄今近40年；硕士生阶段攻读明清小说专业，写出第一篇《红楼梦》论文发表于《红楼梦学刊》，也有30多年。出于兴趣和研究的需要阅读《红楼梦》，至今已说不清有多少遍了。以前传闻毛泽东他老人家说，《红楼梦》读过五遍的人，才有发言权。尽管我的阅读远超五遍，也读了相关的大量资料，但每当提笔在手（现在应该说敲下键盘），准备就自己对《红楼梦》的理解或者别的专家学者的相关研究发表看法时，仍然有不少惶恐，因为《红楼梦》的博大，"红学"的精深，让我始终有不得其门而入的感觉。即便我已经出版了多部研究《红楼梦》的著作，并且与不少学者就相关问题进行了讨论乃至措辞激烈的争论，但曾经奢望在某个特定狭小的学术领域里一览众山小的感觉，似乎远没有达成。这本卑之无甚高论的小书，只能说是在学习过程中向各位专家、老师和广大读者交出的又一份作业。

感谢陈引驰老师的不弃，邀我撰写"中华经典通识"系列中的一种；感谢中华书局诸位领导的鼓励；感谢责任编辑吴艳红女史提出的宝贵修改意见，使本书增加了不少阅读的吸引力。自《红楼梦》问世以来，相关图片异常丰富。我随文配了一些版本书影图，责任编辑在编辑过程中又配了不少人物图和场景图，并精心撰写图注，使得小书图文相映，更增色彩。如果说小书还能够让广大读者获得阅读的心理愉悦，并且在认知上有所收获的话，那也是从《红楼梦》中折射出的一些光芒。而我自身的学养不足，也许已经不自觉地把那种光芒弱化了。真诚地欢迎大家批评指正。

2022 年 3 月 20 日春分大雨